DEPOIS DAQUELE DIA

Depois daquele dia

MARINA MATOS

MOINHOS

Edição:
Camila Araujo
Nathan Matos

Revisão:
LiteraturaBr Editorial

Diagramação e Projeto Gráfico:
LiteraturaBr Editorial

Capa:
Lily Oliveira

1ª edição, Belo Horizonte, 2017.

Nesta edição, respeitou-se o
Novo Acordo Ortográfico da Língua Portuguesa.

M425d
Matos, Marina | Depois daquele dia
ISBN 978-85-92579-26-5
CDD B869.3
Índices para catálogo sistemático
1. Romance 2. Jovem Adulto I. Título

Belo Horizonte:
Editora Moinhos
2017 | 100p.: 21 cm.

Para Cleber e Agnes,
toda minha gratidão e pertencimento.

PARTE 1

Há um ano

Aquele foi o dia que você me deu um abraço que durou mais do que posso lembrar. Foi um abraço completo, de corpo inteiro. Estávamos colados, quase fundidos, na verdade. Lembra? Mesmo assim, de um jeito estranho, ainda era calmo e simples, como a coisa certa a se fazer. Foi você que começou com a ideia, já entrou na sala abrindo os braços e pedindo que eu te abraçasse; eu, como sempre, aceitei de bate-pronto. Lembro o que senti ali. Sua respiração, seus dedos no meu cabelo, seu perfume. Meu queixo no seu pescoço. Eram muitos sentimentos em um abraço só. Depois a gente foi soltando assim bem devagar, como que para prolongar mais um pouquinho, só mais um pouquinho, aquele contato que em nós parecia um ímã. Ficamos parados tão próximos que por um segundo eu achei que fôssemos começar de novo. Você beijou minha testa, meus olhos, encostou os lábios nos meus com leveza, sorriu enquanto passava os dedos pelo meu rosto. Saímos juntos para o que quer que estivesse nos esperando lá fora. Se eu entrasse naquela sala novamente, não me surpreenderia em nos encontrar ali. Seria uma daquelas experiências fora do corpo, onde vemos uma cena inteira em que somos os protagonistas. Tenho certeza que ainda estamos ali naquele enlace. Mas nunca mais virei naquela rua, que dirá passar por aquela porta. Certas coisas só duram mesmo o tempo de uma lembrança, nada mais. Ninguém presenciou a cena e, por não existir uma testemunha sequer, agora carrego esta lembrança como uma prova de que existimos, algo que só nós fomos os merecedores de ter. Tudo aconteceu de verdade, repito constantemente em voz baixa para mim mesmo, não foi apenas um sonho bom.

1.

O relógio na parede marca 15:45. Há exatamente doze meses nossas vidas seguiram rumos diferentes. Nada mais foi como antes. Tenho guardado comigo cada detalhe do que aconteceu, apesar de não gostar de falar sobre isso. Parece que faz tanto tempo. Hoje penso que já sabíamos que aquela era uma despedida, só não falamos nada em voz alta. Foi um caso típico de desencontro, nós dois. Ou não. Agora estou aqui sentado nesta sala vazia e as lembranças me invadem sem pedir licença. "A gente se deu tão bem, que o tempo sentiu inveja, ele ficou zangado e decidiu que era melhor ser mais veloz e passar rápido pra mim". Ouço a música que toca no ambiente como se fosse um amigo me dizendo as palavras, ou eu mesmo para o espelho. Você sabe como eu me apego a músicas nacionais, não é? Me sinto mais próximo de quem fala comigo — sempre falam comigo, essas benditas músicas. Às vezes acontece de chegar a letra certa no momento exato. Como agora, por exemplo. Mas precisava ser justo hoje? O que foi mesmo que eu vim fazer neste lugar? A verdade é que eu nunca vou entender os mecanismos que a vida usa para nos levar ao ponto em que devemos estar. Quem diria que hoje eu estaria exatamente aqui? Se alguém me dissesse que seria assim há um ano eu não acreditaria de jeito nenhum. Nada na minha vida pregressa me preparou para o que tenho vivido desde a tarde em que nos despedimos na sua casa.

2.

Era segunda-feira, meu dia preferido na semana, calcei meu tênis mais confortável, vesti a camiseta menos amassada do armário e sem arrumar o cabelo nem nada, abri a porta e saí. Pensei que poderia dar sorte me apegar nesses pequenos detalhes, você sempre gostou do meu cabelo bagunçado. Saí de casa como se pisasse na rua pela primeira vez. Dali a pouco chegaria a primavera, tempo de colorir um pouco mais os dias que andavam tão apagados. Aqui dentro o inverno ainda era rigoroso. Tudo parecia estar em seu devido lugar, as pessoas seguiam suas vidas normalmente falando ao celular, pagando contas, formando filas, carregando sacolas, entrando em seus carros estacionados na vaga demarcada do prédio. Estranho ver a vida acontecendo enquanto eu mal conseguia decidir se atravessava a rua ou permanecia onde estava. O sinal abriu, todos os pedestres começaram a andar ao mesmo tempo, apesar de cada um ter seu ritmo. Continuei andando, tentando decidir para onde ir, sempre olhando ao redor, parando um minuto ou dois nos casais nas mesas dos bares e me perguntando se aquilo se desenrolaria para o bem, ou se os levaria para o mal — e quem há de saber o que é o que para cada um? Ficava imaginando desfechos e motivos que os levaram àquele momento. Eu queria acreditar que não fomos os únicos. Eu já sabia que a crença no amor não havia morrido. Mesmo depois de tudo eu simplesmente creio, é quase uma inocência. A minha curiosidade naquele instante residia apenas em querer saber se existia mais disso que vivemos em outras relações também. Será que só eu era exagerado assim? Que diabo foi isso que você fez comigo? Eu gostaria muito de compreender.

3.

— Ei, seu Vinícius, é aqui que é pra colocar essas caixas? Assim tá bom?

Sou interrompido de meus devaneios pela voz grave do motorista do caminhão, Osvaldo. Ele é pequeno, mas se você ouvisse apenas sua voz, poderia jurar que é um daqueles seguranças de boate 4x4, como diria minha mãe. Osvaldo deve ter 1,60, no máximo.

— Não precisa me chamar de "Seu Vinícius", Osvaldo, já te falei isso.

Ele coloca a caixa encostada na parede com um cuidado de quem carrega ovos e volta pro caminhão. O conteúdo delas é mesmo frágil. Minhas fotos impressas e enquadradas, prestes a serem colocadas nas paredes, nas marcas que eu mesmo fiz.

Será que isso que vivemos foi mesmo amor? Esta coisa torta, que até hoje não sei nomear, será que é mesmo amor? Talvez o amor seja torto e tudo bem, ou talvez nós é que tendemos sempre a enxergar o ângulo mais complicado.Tornei a lembrar de nós dois.

Osvaldo volta assobiando uma canção de Caetano com a tranquilidade de quem tem a tarde inteira para cumprir suas tarefas. Na primeira vez que saí na rua depois daquele dia também andei com certa tranquilidade. Se era verdadeira ou forjada, a tal da calma, ninguém nunca saberá, sei que eu pisava manso e acreditava naquilo. Sempre acreditei no que de mais concreto me aparecia à vista, principalmente nos momentos de dor. Engraçado perceber comportamentos repetidos em várias fases da vida, como se a gente achasse que se reinventa e evolui, quando na verdade tudo não passa de impressão. Às vezes a mentira conforta. Eu queria que fosse algum tipo de pegadinha do meu inconsciente, mas não dava para me enganar mais, pensei comigo enquanto ia cruzando a Paulista — eu realmente tinha andado à beça, acabara de me dar conta. Precisava lidar com a sua ausência.

4.

Ainda era nisso que eu pensava quando uma mulher de meia idade sentou ao meu lado no metrô. Eu já tinha andado o suficiente por uma semana inteira, isso nos meus melhores dias, que dirá aquele, que era uma espécie de recomeço. Comi qualquer coisa no Conjunto Nacional e, depois de umas voltas pelas galerias da Augusta, era hora de voltar. Estávamos indo no sentido Vila Madalena, minha estação, ela entrou na Sumaré. Era meio da tarde, o vagão estava vazio. O tempo estava fechado naquela semana, o casaco dela tinha pingos de chuva. Não levava guarda-chuva, a bolsa era pequena. Ela sentou-se ao meu lado, tirou os óculos e esfregou os olhos, como se estivesse cansada ou apenas querendo voltar à realidade. Sorriu e disse:

— Não acredito que fiz isso.

Entendi que estivesse apenas externando um pensamento, por isso não falei nada. Ela balançou a cabeça, ainda incrédula, virou para mim e perguntou:

— Você acredita em destino?

Acredito no acaso, respondi sem nem pensar. Será que eu já tinha parado para pensar nisso? Continuar caminhando sempre foi mais importante do que entender o caminho. As coisas só se dão com a prática, com a mão na massa, com a ação propriamente dita, não com devaneios de qualquer espécie, ou teorias que só servem para vender livros. Pelo menos era assim que eu vivia até o mês passado, depois que saí da sua casa — agora, tudo que faço é pensar e pensar e pensar, que nada mais é que viver a realidade que eu quero, nem que seja somente dentro da minha cabeça.

— Pois eu vou te contar uma história que vai mudar seu pensamento. Tem um tempinho para me ouvir?

Pronto, ainda mais essa! O que você faria no meu lugar? Seria ela uma dessas pessoas que adoram desabafar sobre suas vidas para o primeiro que der brecha no transporte público? Eu não converso com gente no metrô, você sabe. Mesmo assim, algo naquela mulher me fez ter vontade de fazer diferente, pelo menos uma vez. Primeiro porque ela foi educada ao perguntar se eu tinha tempo, ela pediu permissão, não foi logo despejando tudo em cima de mim. Depois, tinha todo o resto. Os olhos dela brilhavam, as bochechas estavam vermelhas, a respiração meio descompassada. Fiquei realmente curioso, se quer saber. Não tinha como recusar em dar uma esticada até aquele café ali perto da estação onde nos encontramos uma vez, e que tinha um brigadeiro delicioso. Além do mais, se eu voltasse para casa com a cabeça cheia de você, nem sei o que podia ser. Eu simplesmente não queria ficar sozinho comigo mesmo, sem ninguém por perto. Aceitei. Fomos andando e conversando banalidades, ainda bem que era perto e logo estávamos nos sentando em uma mesa perto da porta. Senti um certo frio na barriga sobre como me comportar, confesso. Não sou muito bom com interações sociais, você bem sabe. De repente me vi ali, sentado numa mesa com uma completa estranha, fazendo algo inesperado e me sentindo bem com aquilo tudo. Não era incrível? Agora eu posso dizer que sim, mas na hora nem ousei comemorar. E então aconteceu. Ela começou a me contar que anos atrás tinha um namorado, um caso antigo de amor, e de como eles eram loucos um pelo outro.

— Tínhamos uma sintonia sem igual, quando eu pensava que ele podia me ligar para que eu pedisse uma coisa, ele chegava em casa com a sacola certa. Na época ainda nem existia essa coisa de celular. A intuição funcionava muito mais, esse tanto de *wifi* deve interferir nas nossas ondas, não acha?

Resolvi nem comentar sobre o quanto eu usava o telefone, só concordei e ela continuou.

"A gente tinha uma turma grande, sempre acampávamos no litoral aos fins de semana, era o nosso programa favorito. Rolava uns baseados muito bons, tinha um amigo, o Ciro, que sabia fazer como ninguém. O fim de semana passava em outro tempo, aquilo ali era o céu! Depois ele entrou numa faculdade em outro estado, eu trabalhava aqui, tinha acabado de ser efetivada, não queria abandonar minha carreira por causa de homem, né, por mais que fosse ele. Fiquei. Foram três anos separados. Não forçamos a barra tentando encontros, se tivesse de ser, seria. Não nos falamos mais. Quando nos vimos de novo, numa festa de ano novo no clube, ele estava com outra. Fingi que nem era comigo, sorri e bebi a noite toda, afinal não estávamos juntos, não podia cobrar nada. Mas doeu feito uma pancada na cabeça. Ele mal conseguia me olhar nos olhos, covarde. A vida seguiu, viajei, mudei de ares e as coisas foram acontecendo. Não procurei saber nada da vida dele, até de alguns amigos me afastei, joguei para debaixo do tapete mesmo, sem dó. Só Deus sabe a quantidade de lambada que eu dancei em cima desse tapete, para ver se matava tudo que estava ali embaixo. Vinte e um anos se passaram. Hoje eu estava ali na Teodoro Sampaio, a pé, distraída, quando esbarrei em alguém. Levantei os olhos para pedir desculpas e fiquei estarrecida. Era ele! Aqueles mesmos olhos quentes, brilhantes, lindos, me olhando com surpresa, acho que a mesma que eu estampava na cara. Começamos a rir. Nos cumprimentamos assim meio sem jeito, mas acabou virando abraço. Me perguntei se ele era capaz de ouvir meu coração aos pulos, descontrolado, e me senti uma adolescente prestes a dar o primeiro beijo: ansiosa e inexperiente. Tenho 48 anos, claro que sou jovem, me sinto ótima, é só que fazia tempo que não sentia algo assim tão vivo e tão, sei lá, novo. Subimos a Teodoro conversando como se fosse a coisa mais normal do mundo. Viramos na Benedito Calixto, andamos mais uns quarteirões e chegamos ao prédio que ele tinha acabado de alugar. Subi no apartamento dele e simplesmente aconteceu. Nos beijamos, nos amamos, nos pegamos com uma urgência e uma saudade que eu já tinha quase esquecido que sentia. Fiquei a tarde inteira lá, em meio a caixas e coisas ainda fora de lugar. Me senti bem ali, camuflando minhas intermináveis perguntas no meio de toda aquela bagunça. O tempo rodou em outro ritmo esta tarde, como nos velhos tempos. Queria ficar mais, mas tinha que descer para o mundo real, nós dois tínhamos vidas para viver aqui fora, apesar de não termos pensado em nada disso por horas, nem sequer falado. Saí andado na rua, começou uns pingos leves de chuva e quando dei por mim já estava correndo. Foi tão bom!". Ela suspirou, olhou em volta ainda assimilando aquela reviravolta que, de tão grande, só podia mesmo ter acontecido numa tarde qualquer. Pegou a bolsa e levantou. Me olhou como se tivesse sido eu a lhe contar um bom segredo.

— Agora preciso ir, só parei aqui para te contar com calma porque sentia que precisava dividir com alguém esse milagre, tinha que tornar real. Ainda mais real do que os meus sentidos me dizem que foi. O que vivi foi obra do destino, não tem como não ser. Obrigada por ter me escutado, você é um cara muito legal.

Ainda fiquei sentado depois que ela saiu. Pedi mais uma xícara de café. Pude ver quando ela virou a esquina, com seu casaco já seco, a chuva ainda não tinha chegado até nós. A forma que ela andava, como carregava sua bolsa. Claro que a história dela me comoveu, me arrepiei em algumas partes, principalmente quando ela fazia umas pausas para tomar fôlego. Dava para ver o filme da vida deles passando pelos seus olhos. Mas não foi apenas o fato de ter ouvido tudo aquilo enquanto tomava um *cappuccino* que me fez passar a acreditar na hipótese de existir o destino. Eu realmente estava pensando nos casais nos bares, nas idas e vindas, nos desencontros e reencontros que existe pelo mundo afora, em como seria viver cada dia de uma vida inteira com apenas lembranças e breves passagens que contamos aos amigos, e se haveria de existir mais amor em algum ponto da vida, quando de repente, sem mais nem menos, uma desconhecida senta-se ao meu lado e simplesmente começa a falar da sua vida amorosa para mim. Foi surreal. Foi como se ela ouvisse o que se passava na minha mente e soubesse que ali também havia um coração que teimava em seguir em frente, uma pessoa que fosse prestar atenção nas confusões que um único sentimento pode causar. Era tudo que eu precisava ouvir. Eu quis pegar o telefone dela para saber o que aconteceria depois, se eles seguiriam juntos ou se se perderiam outra vez, será que passariam a dividir a cama todas as noites, quem sabe poderiam largar suas vidas para irem acampar uma vez mais? Mas não trocamos telefone. De uma forma muito curiosa, aquilo me bastou. Eu tinha minha resposta. E ela tinha a dela.

5.

Saí daquele café com a certeza de que queria fazer alguma coisa com aquilo. Foi como se eu tivesse ganhado um presente, apesar de não saber ainda para o que ele servia. Andei rápido, pela primeira vez não pensando em nós ou em qualquer coisa que me tirasse o prumo. Cheguei em casa e rascunhei algumas linhas, tentando organizar os pensamentos que começaram a brotar. Postei no meu *blog* uma pequena crônica sobre o que acabara de viver, sem revelar nomes ou maiores referências. Eu queria apenas desaguar a estranha excitação que tomou conta de mim. Por um momento fiquei tão feliz pela mulher como se fosse minha a história que ouvi.

Acho que você se lembra do meu *blog*. Ele nasceu no primeiro semestre da faculdade como um lugar para postar as fotografias que eu tirava, num misto de álbum de recordação com desafio de incentivo para mim mesmo. Uma das coisas que comecei a fazer para não desistir daquela empreitada, você bem sabe. O esquema era simples, postava uma foto que eu tivesse tirado, e só. Comecei a gostar cada vez mais, virou um passatempo. Quando me desmotivava com uma aula difícil ou quando queria uma distração, saía de casa com a câmera com o intuito de voltar somente quando tivesse conseguido uma foto nova para o *blog*, um ângulo diferente, algo inusitado que eu ainda não tivesse clicado. A empolgação foi crescendo quando chegaram os primeiros *feedbacks*. E quando rolou o primeiro comentário de uma pessoa que eu não conhecia, nossa, foi um dos dias mais legais da minha vida acadêmica, fiz até uma dancinha no meu quarto de tanta alegria. Resolvi incrementar os *posts* com pequenas notas sobre como tinha sido os bastidores daquela imagem. Contava se tinha sido algo simples, daquelas cenas que a gente já vê meio pronta e aperta o botão rezando para conseguir captar a essência. E de como, na maioria das vezes, eu não conseguia, de como eram necessárias inúmeras tentativas para que eu chegasse ao resultado esperado. Contava se tinha deitado na grama, me debruçado na janela ou enfrentado cara feia por uma boa imagem. Enfim, eu narrava as coisas que a gente não vê quando olhamos a fotografia pronta, o que inclui, invariavelmente, contar um pouco sobre a pessoa que pensou aquilo tudo e apertou o botão. Foi natural começar a compartilhar alguns sentimentos que haviam surgido em relação aos momentos que compunham o cenário. As pessoas gostavam, comentavam, eu respondia e a troca ia acontecendo de uma maneira muito bacana. No fim, o *blog* se transformou em algo puramente pessoal, ainda que eu tentasse não derramar todos os meus dramas ali.

Para a minha surpresa, depois que postei a crônica recebi algumas mensagens perguntando se aquilo era um novo projeto, como faziam para participar, se eu estava disponível e até um ou dois e-mails contando suas próprias histórias de amor. Claro que eu estava disponível para levar aquilo adiante! Só o que eu teria dali por diante seria tempo. Como não tinha pensado nisso? Antes de encontrar com aquela mulher a dúvida que gritava na minha mente em neon e letras garrafais era justamente se existia mais alguém nesse planeta que sentia algo assim tão grande por outra pessoa. E de repente a resposta veio.

Sim, existia, e elas estavam batendo na minha porta. O que eu poderia fazer a não ser abrir e receber todas de braços abertos?

"Venham, venham todos! Somos todos da mesma tribo, sejam bem vindos ao clube dos corações irremediavelmente estraçalhados".

Foi assim que respondi no *post* seguinte, com uma fotografia de uma festa no terraço que eu fotografei uma vez, com luzes desfocadas e pessoas dançando com os braços pra cima. E foi assim que comecei a sair de casa para encontrar pessoas que até então eu não conhecia para falar sobre a única coisa que nos unia naquele momento, algo que começamos a chamar de histórias de amor fora da curva.

6.

A primeira pessoa que eu encontrei foi uma jovem de vinte e dois. Então era mesmo real, eu estava ali sentado no Beluga para escutar casos verídicos de amor. As pessoas estavam me procurando para contarem suas histórias e eu não podia estar mais empolgado. Empolgado e desesperado. Mas era isso ou continuar no meu sofá, chafurdando em sofrimentos, chorando e assistindo séries que não me interessavam. Não havia muita escolha, não dava tempo de pensar se aquilo era um comportamento razoável para alguém na minha situação, por isso só fechei os olhos e fui do jeito que deu.

— Tenho um caso com o meu ex — foi assim que ela falou. Fez uma pausa como se estivesse ouvindo pela primeira vez o que ela própria acabara de dizer. Sorri e esperei que continuasse. Contou que começaram a namorar na adolescência, mas que terminaram logo, brigavam demais. "Não aguentamos mais ficar juntos. A química era boa, mas não valia o desgaste, todo dia era uma discussão diferente. Nem os nossos amigos aguentavam mais." Se afastaram, tentaram seguir a vida, os amigos apoiaram. O difícil foi arrumar novos lugares para frequentar, porque eram da mesma turma. "Durante algum tempo, ficamos afastados. Aquela pausa necessária depois de um fim, sabe. Pouco depois conversamos despretensiosamente, para ir quebrando o gelo devagar. Eu queria voltar a encontrar o pessoal no boliche, mas não queria que ficasse um clima esquisito entre a gente. Me senti até um pouco mais adulta por conseguir ser amiga do meu ex-namorado. A turma marcou um encontro no shopping e, por pura coincidência, fomos os primeiros a chegar. Claro que o clima ficou estranho. Eu não sabia para onde olhar, ele não sabia o que dizer. Resolvemos andar pelos corredores, pelo menos daria para olhar vitrines e matar o tempo. De repente, nem lembro direito como foi, só sei que estávamos num corredor nos beijando. Foi rápido porque logo o pessoal chegaria, um deslize mesmo. Combinamos que não ia rolar de novo, sendo assim ninguém precisaria saber. O resto do passeio foi ótimo, nos comportamos muito bem e ninguém desconfiou de nada. Ou quase isso. Os olhares ainda estavam ali e num certo momento ele encostou a mão na minha cintura quando passou por mim para ir ao banheiro. Era o nosso antigo código para "dar o fora". Olhei achando que tinha entendido errado e ele só sorriu, o safado. Cinco minutos depois dei tchau e fui embora, ele estava me esperando no estacionamento. Fomos para minha casa, onde não tinha ninguém, e começamos com o nosso novo segredo. Ninguém da turma desconfia e a gente gosta de manter assim. Não é um namoro, não tem mais nenhum desentendimento. Como cantaria Bethânia, é tudo somente sexo e amizade. A energia está muito melhor. Manter as aparências aqui fora e poder transformar isso depois, a sós, está sendo muito mais gostoso do que assumir um compromisso — e eu nunca pensei que pudesse achar uma coisa dessas legal, mas estou realmente me divertindo. Acho que tem a ver com não ter que lidar com mais ninguém além da gente. Ainda não parei para analisar como me sinto, nem decidi até quando vou manter esse joguinho, estou tentando não pilhar com esse tipo de questionamento agora, exercitar o desapego. Vamos ver no que é que isso vai dar".

7.

"É HOJE!"

Lari está me mandando mensagens desde a semana passada, essa palhacinha. Nunca vi alguém mais animada com a minha vida do que ela. Mais animada até do que com a vida dela, mas não estou no momento de reclamar muito. Sorri pro celular. A verdade é que ela foi essencial durante este tempo estranho que andei vivendo. Vou até a janela e consigo ver o mar a poucas quadras daqui, talvez eu vá até lá molhar os pés daqui a pouco. Por hora continuo aqui, repassando cada passo que demos, você e eu, como se fosse a minha prioridade do dia — e é.

Sou uma pessoa altamente visual, você que o diga, e também havia o fato de que eu queria me manter ocupado de todas as formas que conseguisse, então perguntei gentilmente às pessoas se elas autorizavam a gravação dos nossos encontros em vídeo. Eu queria um registro, uma imagem que fosse. Não queria fotografar, a prioridade era estar de ouvidos bem abertos, mas gravando daria para contemplar as duas coisas. Ainda não sabia o que podia virar, e fui sincero quando disse que talvez o material ficasse apenas como recordação; a maioria concordou sem muito questionamento.

Eu me lembro de quando eu detestava que você pegasse a câmera para gravar qualquer coisa aleatória do nosso dia. Essa sua mania de querer registrar tudo me irritava muito. Detesto admitir que aquelas imagens hoje tenham um valor inestimável para mim.

Não as vejo com frequência, ainda acho estranho, é só que gosto de ter em mente que em algum lugar perto de mim ainda há o que fomos. E de repente eu estava ali, com a câmera no tripé, pronto para dar o *play*, e não foram poucas as vezes em que, por uma fração de segundos, vi a gente acontecendo bem diante dos meus olhos.

A primeira vez que fomos à praia juntos você parecia fascinado, como se nunca tivesse visto o mar. Filmava cada passo que dávamos, ou pelo menos todos os que eu fingi não ver.

"Ah, para! Eu preciso registrar isso. Vai, caminha lá pra dentro da água, me deixa pegar você e essa força gigante do mar. Não posso perder essa cena."

Engraçado que o fotógrafo era eu, mas era você que tinha fixação por vídeos de nós dois. Eu me contentaria em só viver aquela tarde, você não sossegou enquanto não conseguiu o que queria. É que tinha o brilho. Era o brilho que eu via em seus olhos diante dessas pequenas cenas da vida que me fazia dizer sim pro que viesse. Tem uma foto linda também, só do mar. Ficamos um tempo em silêncio, só olhando e escutando aquele barulho que pra mim é quase música. Ainda sinto o cheiro da maresia quando olho pra ela hoje, pendurada na sala lá de casa.

8.

Cheguei em casa pronto para editar imagens depois de mais um dia de escuta e gravação, mas sentei no sofá, coloquei as pernas na mesinha de centro e fechei os olhos por alguns segundos. Respirei fundo uma, duas, três vezes. Que saudade de você. O papo de hoje foi com um cara, o primeiro que se candidatou. Sempre vêm mulheres, confirmando minha tese de que elas são muito mais corajosas para encarar qualquer assunto. Eu já tinha deixado claro no *blog* que todas as pessoas estavam convidadas, não podia fazer muito mais do que isso. Algumas semanas depois ele apareceu. O que me interessa é ouvir histórias de amor, saber que estamos todos juntos no mesmo barco, navegando por essas águas escuras e instigantes. Uma vez, ainda criança, fui com meus pais ver baleias em alto mar. A balsa avançou mar adentro durante uma hora até chegar num ponto específico que eu não faço ideia de como foi decidido, e simplesmente parou. Aquela foi uma sensação estranha. Você está parado, só que não está. O motor da balsa desligado e o movimento da água em alto mar, mesmo na calmaria, com o céu limpo e sem muito vento, causa um balanço no barco de tal forma que algumas vezes parece que vamos virar. É assim no amor. É assim que sinto cada vez que saio de uma conversa, de um caso exposto numa mesa de um café. Por mais que tudo esteja aparentemente estável, que as coisas estejam bem ao seu redor, ainda existe um balanço muito natural que nos exige estômago e equilíbrio para seguir em frente. A impressão é que num descuido o barco vira e a gente nem vê. E não é sobre o que fazemos depois que o barco vira que estou pensando, as possibilidades são mesmo infinitas — desde o fim teoricamente anunciado com o naufrágio, até um recomeço muito divertido e menos aprisionado aos limites do barco. O que fisga minha atenção aqui é o fato da nossa total falta de controle diante desse imenso mar. Mesmo que seja um barco maior, que nos dê uma (falsa) sensação de segurança, com um sistema de navegação altamente tecnológico e avançado, capaz de prever qualquer intempérie que ouse atravessar nosso caminho, não importa. Ainda existem todas as coisas fora da nossa alçada, aquelas que não podemos controlar, ainda que possamos prever. Ainda existe o clima, ainda existe o tempo, ainda existem outras leis que não as nossas. E é vento, é frio, é chuva, tempestade, e é sol de rachar os miolos, às vezes até tornados podem aparecer. Para alguns pode mesmo ser difícil lidar com tanta imprecisão. Para nós, era sempre bom. Principalmente na chuva. Bastava uma garoa para você largar o que quer que fosse e me dar uma carona até em casa. Me contava coisas do seu dia com uma facilidade invejável para mim, que sempre meço todas as palavras. Éramos tão diferentes em alguns pontos. Mas uma coisa nos unia com louvor: a nossa capacidade de inventar oportunidades. Era esse seu empenho em me levar até o ponto de ônibus, era a minha obstinação em te devolver aquele livro, ou os inúmeros cafés que a gente marcava no meio de qualquer tarde, só para respirar um pouco no meio da rotina. Tenho vontade de rir agora. A quem queríamos enganar com esse papo de café, a gente nem tomava nada! Nós criamos um enredo com mistérios e horários marcados e a verdade é que era tudo muito simples. Era o nosso jeito. Não tinha culpa alguma, nem traição de nenhum tipo, tampouco algo proibido. Só o que queríamos era preservar o nosso lance, como gostávamos de falar. Nunca fomos o tipo de pessoa que explica muito. Ok, talvez eu seja a pessoa que explique tudo, e já falei que éramos mesmo diferentes em muitas coisas. A verdade é que com você eu me permitia.

9.

O homem sentado à minha frente parecia nervoso, sem saber o que fazer com as mãos. Àquela altura eu já tinha entendido que isso não era uma exclusividade minha, afinal. Pensei em começar com trivialidades para descontrair, costumava funcionar bem em muitos dias, inclusive quando eu mesmo não sabia o que dizer. Porém, para minha surpresa, ele começou a falar quase que num fôlego só. Me contou da mulher que tinha acabado de levar ao aeroporto, de como eles tinham construído uma intimidade tão deles naquele apartamento da rua Maria Paula que alugaram juntos, fazendo os próprios horários e vivendo como se fosse férias. "Menos das quinze até as dezenove, que é quando nós dois paramos pra trabalhar. Sou autônomo, e antes de a conhecer era trabalho da hora em que acordava até quando ia dormir, muitas vezes madrugada adentro também. Achava que era assim que tinha que ser, que meu valor estava em trabalhar muito, que só dessa dedicação extrema viria algum reconhecimento. E sabe o que descobri? Que quanto mais aumentavam as minhas horas de trabalho, maior era a cobrança, nunca era suficiente. Quanto mais eu fazia, mais os clientes me irritavam ligando sem parar, e eu me atolava nos prazos e achava que precisava de mais tempo. Fui criando uma pressão, me deixando levar pelos outros. Vivia estressado. Um dia, com a cabeça cheia, travei. Simplesmente não aguentei mais. Fiquei uma hora parado olhando para o computador, sem reagir a nada. Saí para caminhar, sem saber direito para onde ir. Morava ali perto do metrô

Santa Cruz, quando vi estava no Parque Ibirapuera. Já que estava ali, resolvi entrar e fingir que era fim de semana, assim eu poderia relaxar. Mas melhor do que domingo, era quarta, o que significava que o parque estava bem vazio, quase ninguém disputando espaço. Uma calmaria que era o exato oposto dos meus pensamentos. Nada parecia fazer sentido. Sentei de frente para o lago e depois de algum tempo ela veio. Não sei de onde, não estava prestando atenção. Só sei que de repente ela estava ao meu lado, puxando papo, com um sorriso aberto e a voz doce se oferecendo para ficar ali comigo. Usava uma saia longa e um turbante no cabelo, um sorriso largo lindo. Disse que eu parecia querer conversar com alguém. Cara, aquela sinceridade me desarmou. Ficamos ali batendo papo e quando dei por mim já tinha passado um mês que estávamos juntos. Ela trouxe um sentido de harmonia para minha vida que eu nem sabia que estava procurando. E na verdade é isso, né? Quando eu parei naquela tarde, quando eu literalmente parei, as coisas começaram a se ajeitar. Ela também trabalha por conta própria e agora teve que viajar, vai dar palestra numa conferência. Nunca nos afastamos assim. Ainda estou descobrindo quem eu sou longe dela. Talvez eu pegue um avião e faça uma surpresa no fim de semana, não sei. Será que ela iria gostar?"

Às vezes, acontecia de me pedirem conselhos ou dicas amorosas. Era complicado explicar que o que eu queria era ouvir e saber que o amor acontecia independente do jeito ou da pessoa. Que nada era premeditado ou orquestrado. Que a vida tinha seus próprios meios de fazer a magia acontecer. Geralmente as pessoas entendiam, e muitas vezes as perguntas eram retóricas mesmo, iguais as que eu faço dentro da minha cabeça. De qualquer forma, não tem jeito, em algum momento já estávamos trocando experiências, mesmo depois que eu já tivesse desligado a câmera, falando de amor e de como a Paulista é linda a partir das seis da tarde. Não era uma sessão psicológica a portas fechadas, afinal; mas que era terapêutico, era, disso eu não tenho nenhuma dúvida.

10.

O interfone tocou, vou ter que atender. Ah, é a minha prima. Acredite se quiser, quase duas da manhã e ela veio bater na minha porta, com certeza bebeu demais e quer um abrigo para passar a noite.

— Olá, primo, bom dia!

— Boa noite, Lari, tudo bem contigo?

— Tudo ótimo! Estava na Aspicuelta, que é praticamente aqui do lado, né. Claro que você sabe, mas você diria que nem é tão do lado assim. Saco, tô falando com você como se tivesse falando sozinha, malditos *drinks*. Bom, vim dormir no seu sofá. Saudade do nosso tempo juntos.

Eu ri. Ela ficava ainda mais tagarela quando bebia. Abri os braços.

— Fica à vontade, a casa é sua.

Fechei meu caderno com as anotações dos encontros e desliguei o *notebook*. Era hora de relembrar os velhos tempos gastando a madrugada falando sobre todos os assuntos que passassem pela nossa mente.

A Lari é mais do que uma prima, é a irmã que não tive. Crescemos juntos, sempre fomos unha e carne. Só não éramos mais grudados porque não morávamos na mesma cidade. Mas as férias na casa dela sempre foram as melhores. Eram muitas festas, passeios na cachoeira, cinema, cada dia a gente inventava uma coisa nova para fazer. Sempre fizemos o planejamento dos dias que teríamos juntos, era uma das partes mais divertidas, na verdade. E é óbvio que passar as madrugadas acordados comendo pipoca e conversando estava no topo das prioridades, principalmente na adolescência, quando tínhamos muito assunto sobre flertes e sentimentos e previsões sobre o futuro. Era um tempo bom. Depois que entramos na faculdade passamos a nos ver ainda menos, acabamos por escolher caminhos que não seguiram a mesma direção, mas ainda insistimos em manter essa tradição sempre que possível. Sempre que possível significa todas as vezes que ela está em algum bar aqui perto e aparece quando a farra acaba, pois sabe que este é o meu horário favorito para tratar fotos. Ela tem se dedicado à pós-graduação, já fazia uns três ou quatro meses que não nos víamos. Quando a abracei e senti o cheiro de perfume e álcool foi que me dei conta do quanto estava com saudade. Ela ficou aqui em casa por um mês durante o ano passado. Foi fundamental tê-la por perto. Desta vez não fizemos só pipoca. Teve pipoca, brigadeiro de colher e suco de abacaxi. E não faça essa cara, entenda e aceite que o nosso paladar foi moldado durante muitos anos sob as mais diversas combinações. Ela me contou da pós, do namorado, da busca pelo que realmente quer fazer, da viagem à Europa que está planejando. Minha priminha cresceu. Pensar nisso é estranho, pois não tem como fugir do fato de que o tempo passou igualmente para mim. Sempre tive dificuldade para enxergar os meus feitos, tanto as pequenas conquistas do dia a dia quanto as grandes vitórias, fico sempre pensando que poderia ter feito mais. As qualidades alheias, entretanto, chegam fáceis aos meus lábios, principalmente daqueles que eu gosto mais.

— Mas e aí, me conta, o que tem feito de bom?

— Ah, clicando muito, pedalando, tentando não matar uma planta nova que coloquei na sacada. Essas coisas todas de sempre, vida normal.

— Ahãm, sei — falou com os olhos entreabertos, fingindo que acreditava em tudo que eu falava. Era uma de suas especialidades.

— Sério, tem mesmo uma planta nova na sacada, vai lá ver! — Rimos juntos. Sempre somos acometidos por crises assim, é impressionante. Começamos a rir por um motivo qualquer, olhamos um para o outro, alguém fala algo passado que não tem nada a ver com o assunto em questão, mas que foi engraçado na época, e então rimos mais um pouco, agora sobre coisas que só pensamos e sabemos que o outro também pensou, sem uma única palavra trocada. Alguns minutos de silêncio confortável para voltarmos ao normal. E a verdade chega sem aviso prévio.

— Estou com um projeto doido aí.

— Hã?! Olha lá você, escondendo o jogo. Conta! Já estou curiosa!

— Tenho encontrado pessoas para ouvir histórias de amor.

— Como assim?

— Ah, nada muito elaborado. Eu só queria mesmo fazer qualquer coisa diferente, ouvir casos de todos os jeitos, saber como acontece com os outros. Me sentir em algum tipo de grupo, eu acho. Depois do que aconteceu, você sabe, não preciso falar, foi complicado seguir em frente. Não queria enlouquecer sozinho. Então resolvi tentar não pirar ouvindo o que outras pessoas teriam a contar sobre suas vidas. Pensei em fazer um projeto fotográfico andando pelas ruas, mas queria uma nova perspectiva. E quer saber? Tem sido muito bom. Tem sido a minha maneira de seguir em frente.

— Uau, que incrível! Não fazia ideia do que estava rolando. Que loucura, né? Uma loucura muito bonita, quero dizer. Assim, não sei se entendi direito, estou meio alterada por conta das bebidas ainda, só passa por completo depois que eu durmo, você sabe. Mas eu gostei. Realmente gostei disso.

Contei a ela da conversa que tive com aquela senhora no metrô e de como as coisas simplesmente aconteceram depois disso. Foi a semana em que ela voltou pra casa dela. Falamos sobre como é genial o fato de que a nossa mente cria mecanismos para sobreviver em meio ao caos. Seja se adaptando com facilidade, seja fugindo, ou se resignando. Sempre há uma brecha por onde as coisas acontecem, se prestarmos atenção. Mesmo que não seja a melhor escolha do mundo, aquela que realmente queríamos tomar, ou a mais coerente, não tem jeito, alguma coisa que deve existir aqui dentro, entre o fígado e coração, simplesmente trabalha para nos tirar do meio da lama. Ou melhor, do incômodo que sentimos por chafurdar na lama, porque em alguns casos — vários casos, como ela frisou — a gente continua lá, do mesmo jeitinho de antes, só que mais confortáveis com a situação.

— Muitas vezes, ao invés de levantarmos a bunda da cadeira e irmos procurar outra serventia, preferimos colocar um sofá bem ali no meio e deitar com os pés para cima — e ainda falamos que merecemos o descanso, porque já sofremos demais.

— Só não sei em que lado me encaixo nesse panorama. Mas tudo bem, em algum momento eu descubro, por enquanto estou gostando de me manter ocupado com a vida de outras pessoas.

Houve uma pausa em que pareceu que ela ia dizer alguma coisa, mas se calou.

— Ok, ok, quando chegamos no limite do campo filosófico eu sei que é hora de tomar banho e me entregar ao sono dos justos — Lari falou já indo em direção ao banheiro. Era quase cinco. Levei as coisas para cozinha, arrumei dentro da pia e fui ajeitar o cafofo dela, que era como chamávamos o sofá-cama quando estava montado com a colcha da nossa infância.

Entrei no meu quarto, me joguei na cama, senti o silêncio do quarto, os sons que vinham lá de fora. Dormi por oito horas seguidas depois de meses. Lari realmente sabe quando aparecer. É sempre quando preciso relaxar, quando preciso me sentir em segurança, tendo alguém cuidando de mim. Parece que sou eu quem cuida dela, a prima maluquinha que bebe mais do que deveria e pede abrigo quando a coisa aperta, mas a verdade é que eu também me sinto cuidado por ela nesses mesmos momentos. Temos uma ligação forte.

Mesmo que eu não diga nada, ela parece sentir quando é necessário aparecer. Me dá o tempo que eu preciso para dizer o que quero, ou para não dizer; muitas vezes, ela sabe que basta estar por perto. Ela sempre vem, e eu sempre agradeço.

11.

Um dia vieram duas amigas que quiseram conversar juntas, ambas com dezenove anos. Contaram do caso que tiveram durante uma viagem de intercâmbio, depois que terminaram o ensino médio. Permitiram-se entregar uma à outra longe dos olhos e das opiniões das pessoas que conheciam.

— Nos empolgamos com a vida lá fora, com um novo jeito de ver as pessoas e as coisas ao nosso redor. Hoje a gente percebe que foi natural o caminho até aquele momento — uma delas disse.

— Uma noite, numa boate, simplesmente rolou e resolvemos nos deixar levar — a outra completou, e as mãos delas se tocaram sobre a mesa. Senti uma satisfação plena por ter conseguido captar a cena. Já tinham voltado há alguns meses e assumiram o relacionamento para suas famílias. "E agora vamos morar juntas!" Os olhos delas brilhavam e o jeito que se olhavam, nem sei como começar a descrever. Algo como calor e pertencimento. Queria que você estivesse lá pra ver. Meu coração se aqueceu mais um pouquinho, fiquei realmente feliz por aquelas duas jovens, torcendo para que aquele sentimento perdurasse e as fizesse caminhar sempre juntas.

12.

Eu estava feliz por sair da minha zona de conforto. Aqueles encontros estavam se tornando uma espécie de bote salva-vidas, algo no qual eu havia me agarrado para não me perder de mim mesmo. Cada história que eu ouvia me colocava em contato com sentimentos que eu conhecia muito bem, por mais que as histórias não fossem iguais. Acho que é aí que está a graça toda. O poder da gente se encontrar no outro, como se esse outro fosse uma espécie de espelho que nos mostrasse as diferenças que existem em cada um de nós. E que percebendo justamente as coisas que não tivemos e que não vivemos, a gente encontrasse aquilo que nos une e que reforça a nossa existência, fazendo com que tornemo-nos reais, e não meros personagens da nossa própria imaginação. Ouvi casos de relacionamentos abertos, dos infinitos flertes no trabalho, do vizinho novo que chegou para pedir informação e muitos outros, com todas aquelas cenas que aceleram o coração e nos fazem querer saber o final. Poder mergulhar na vida de pessoas que eu nunca tinha visto, ouvir o que tinham a compartilhar, sentir suas emoções fez com que eu me sentisse muito bem. Na verdade, por vezes me custava acreditar que aquilo estava mesmo acontecendo. Eu sempre fui uma pessoa receosa com interações sociais e qualquer outra coisa que fosse além de cumprimentos casuais. Sempre observei mais do que falei. Tive medo de não saber o que dizer. Logo descobri que ali não seria muito diferente do que já estava habituado, eu ouvia bem mais do que falava, talvez por isso tenha me sentido tão à vontade.

No fim do dia, entretanto, ficava exausto. Porque eu sou intenso, me entregava de corpo e alma aos acontecimentos que me chegavam aos ouvidos. Não foi apenas uma vez que fiquei com os olhos rasos d'água. Mas teve uma moça que me tocou e chorei sem disfarces ao lhe ouvir contar sobre sua separação, a mesma que confessou ter tido um relacionamento aberto, que eles só tentaram para mudar a perspectiva da relação, estavam dispostos a tudo para ficarem juntos, mas nem toda disposição do mundo foi suficiente para suprir a falta de algo que ela chamou de cabimento. "Não tínhamos cabimento, percebemos depois de algum tempo. Quero dizer, por mais que tentássemos, não pertencíamos um ao outro de uma forma maior, além da carne e do que a sociedade espera de um casal. E é isso que eu quero para mim. Ainda não encontrei essa pessoa e, embora eu desanime algumas vezes, não vou parar de procurar por ela". Apesar de qualquer cansaço, eu seguia firme no propósito de manter minhas crônicas e edições depois de cada encontro. Não era uma obrigação, não havia prazos a cumprir, metas, nada disso. Era apenas um *hobby*. Eu estava somente dando vazão a tudo que se passava aqui dentro. Estava tentando pegar leve comigo mesmo. Fazia pausas quando sentia que precisava, me organizava, descansava. Até gostava que não tivesse essa pressa toda, assim gastava mais tempo sem pensar na sua ausência. Eu estava tentando, poxa, estava fazendo o melhor com o que tinha disponível no momento.

A verdade é que depois que nossos caminhos se desvencilharam, as coisas se complicaram aqui para mim. Muita gente achou que eu fosse me entregar de vez, que eu fosse surtar, que eu fosse fugir. Imagina! Me entregar eu já tinha feito a você e onde quer que estivéssemos eu também estava. Nunca me senti mais vivo, na verdade. O que é estranho, porque foi um acontecimento realmente forte, que me abalou mais do que eu pensei que fosse aguentar. Ao invés de fugir, eu escolhi ficar. Sem surto algum, eu me sentia muito certo do que estava fazendo. Você já tinha me mostrado o caminho, afinal. Cabia a mim apenas caminhar para que ele se fizesse real.

13.

Era uma vez uma história de amor que não explorou todo o seu potencial. Talvez um dia eu comece a escrever a nossa história assim, será que vende? Posso ouvir o som da sua risada diante dessa pergunta. Vender amor não era exatamente uma pauta para nós, eu sei. Fico pensando que ainda há muito a ser explorado nisso que tivemos. Toda hora recordo algum momento, ainda é tudo muito vivo dentro da minha cabeça. Por exemplo, ontem.

Ontem eu estava andando na rua, sozinho, com minha mochila nas costas e fones de ouvido. Me sentia bem, pensamentos soltos, nada específico. Quando, de repente, voltei no tempo e o que vi foi aquele garoto com o cabelo bagunçado e feliz por estar exatamente onde estava. Eu achava que vinha diretamente de você aquele calor no corpo e o desprendimento depois de um encontro nosso. Você não está mais aqui pra mim e eu ainda posso sentir essa onda elétrica, mesmo que agora seja um pouco diferente. Acho que entendi. Você não me deu nada, só ajudou a despertar.

PARTE 2

1.

— Vini, vem, cara, vamos viver!

— Me deixa, João!

— Não adianta, você não vai ficar aí jogado, sozinho. Você tem que aprender a não viver os problemas da sua casa quando não está lá. Vem, vamos, eu te ensino como é que se faz.

2.

Quando penso na minha infância, penso em solidão. Não conhecia quase ninguém no bairro, minha mãe não tinha amigas, meu pai não tinha uma turma do futebol, ou qualquer coisa parecida. Éramos apenas nós três durante toda a semana. Aos sábados e domingos, visitávamos minhas avós e era quando eu aproveitava para brincar com meus primos, ser uma criança normal. Ou pelo menos tentar. A verdade é que eu não gostava dessas brincadeiras de correr, ou que envolvessem muita gente. Eu precisava estabelecer um certo vínculo com quem estivesse ali comigo e não era capaz de fazer isso com oito ou dez pessoas ao mesmo tempo. Ficava confuso e sem saber para onde olhar, ou o que dizer. Não era exatamente uma timidez. Era uma falta de habilidade mesmo. Teve uma vez em que íamos fazer um teatrinho, algo improvisado só entre a gente, as mais velhas que inventaram e incluíram todo mundo no enredo. Duas primas brigaram pelo papel principal, que eu também desejava muito; felizmente, elas começaram a discussão antes que eu abrisse a boca, nem deu tempo de demonstrar interesse. Por fim, depois de muito bate-boca e gritos e chantagens do tipo "Você não é mais a minha prima!", "Nunca mais vou brincar com você!", entre outros clássicos, alguém propôs que um de nós, que não estivesse envolvido na briga, decidisse quem ficaria com o papel. O escolhido fui eu. O escolhido a escolher, meu primo disse como se estivesse cantando. Não deu. Foi impossível pensar em como me safar daquela enrascada, porque independente do lugar para onde eu apontasse o meu indicador, sabia que a briga recomeçaria, agora com os berros voltados para mim. Saí correndo sem olhar para trás, subi numa árvore e só desci de lá três horas depois, quando minha avó chamou todo mundo para lanchar. Era oficial: eu não sabia mesmo lidar com pessoas.

3.

A não ser Lari. Lari era a única que ficava perto de mim nesses momentos críticos. Vinha para perto e puxava um assunto qualquer, mudava os rumos dos meus pensamentos como ninguém. Ríamos de qualquer coisa e gostávamos de fazer planos mirabolantes que só envolviam nós dois. E ainda espantava algum outro primo que porventura quisesse zombar de mim. Foi ela que salvou grande parte da minha infância, não sei o que seria de mim ali no meio de tanta gente, com tantas oportunidades para me dar mal, se não fosse a esperteza dela.

4.

Para minha alegria e tranquilidade, esses encontros familiares só aconteciam aos fins de semana ou feriados. Infelizmente, só encontrava Lari também nestas poucas ocasiões, porque morávamos longe um do outro. A casa de vovó era o ponto de encontro oficial da família. De qualquer forma, nos outros dias, eu lidava apenas com as lições de casa e alguma outra coisa que inventasse de fazer ali pelo meio da tarde. Quer dizer, não é como se eu fosse uma criança totalmente sozinha. Eu tinha um amigo, um único amigo, que conheci já aos sete anos. Ele era um ano e meio mais velho do que eu, estudávamos na mesma escola e morávamos a um quarteirão de distância. Joaquim passava as tardes lá em casa, era onde tínhamos mais espaço para brincar. Passávamos horas e horas entretidos em investigações e segredos que não consigo mais me lembrar do que se tratavam. Sei que nossa brincadeira favorita era a de detetive.

Em algum momento, ali pelos nove anos, mais ou menos, ganhei uma câmera fotográfica. Era vermelha, pequena, simples; brilhou feito ouro aos meus olhos. Comecei a clicar tudo que estava ao meu redor. Meu quarto, o quintal, as plantas, meus pais. Foi quando aprendi, definitivamente, a ter paciência. Será que foi para isso que meus pais me deram? Era um plano deles para me educar, desde o princípio? Se foi, aqui eu admito que deu certo, completamente certo. Primeiro, tinha a paciência para esperar completar todas as poses do filme. Essa era fácil, eu já tinha feito o teste de clicar qualquer coisa só para mandar revelar logo, mas o resultado foi tão ruim que passei a prestar mais atenção e a escolher com mais critério as coisas que fotografava. Depois, havia a paciência para esperar meus pais levarem o filme para revelar; nem sempre era logo que eu terminava, algumas vezes demorava dias até que eles mandassem para revelação. Por fim, a paciência para esperar as fotos ficarem prontas. Esta última espera era a que eu mais ansiava. Queria saber logo o resultado, se tinham ficado boas, se tinha queimado alguma, se o enquadramento havia ficado bom.

5.

Tudo era muito concreto nessa época. Nossa casa tinha um muro enorme. A rotina era muito bem estabelecida. As pessoas estavam sempre em seus lugares e os dias seguiam um ritmo muito natural, com a ordem e a sequência de acontecimentos sempre do mesmo jeitinho. Meu pai saía para trabalhar às seis, minha mãe me levava pra escola às dez para sete, de onde eu saía onze e quarenta e cinco. O Sr. Tarcísio estava sempre no caixa da mercearia, a Dona Lourdes varria a calçada dia sim, dia não, Joaquim chegava para brincar lá pelas duas e meia e ficava até escurecer, enquanto minha mãe fazia as coisas da casa e aparecia com biscoitos e limonada sem que a gente nem pedisse, como se adivinhasse nossa fome e nossa sede. Eu tomava banho sempre às dezoito horas, depois era janta, um pouco de tevê, rezar e dormir. No outro dia, tudo de novo. Sempre as mesmas coisas, de segunda até sexta-feira. Era um lugar seguro. Pelo menos aos meus olhos infantis, nada era forçado, ninguém parecia se incomodar com seu papel e com suas obrigações, todos sorriam nas horas certas e brigavam de vez em quando, como em todos os lugares. As coisas eram como eram, afinal, e assim haveria sempre de ser.

Agora eu te pergunto, porque queremos que tudo permaneça sempre igual? Tendemos sempre a achar que viver determinada situação é definição tácita de um fato consumado, como se nada fosse mudar nunca, em tempo algum. É forte isso, esse sonho louco de permanência. Tudo bem, pode ser que nem todas as pessoas pensem assim, pode ser que seja uma esquisitice minha e só. De qualquer forma, é estranho. As mudanças são tão necessárias quanto as coisas mais básicas do dia a dia. São elas que fazem a roda girar, não são? São elas que nos impulsionam a ir em frente, que nos fazem levantar da cama para viver os dias, que nos deixam sempre esperando pelo que está por vir. Não é?

Quando criança, eu vivia aqueles dias como se eles nunca fossem mudar, como se eu nunca fosse sair dali, nem crescer, nem querer outra vida; se era aquilo que eu tinha, era aquilo que eu precisava ter. Eu ainda não sabia que bastava um passo para o lado para começar a ter novas perspectivas. E que este passo podia acontecer a qualquer momento, bastava que eu decidisse ir, ou que eu me distraísse e errasse sem querer. Com toda aquela segurança, não me ocorreu que um dia eu fosse querer algo que não fosse exatamente daquele jeito — ou que os muros que me protegiam, tão fortes e tão certos, pudessem desmoronar com um simples golpe de vento.

6.

Só que um dia eu cresci. Não foi mágico, como um sonho revelador que me concedesse uma nova visão de mundo logo ao amanhecer. Não. Aos poucos é que as coisas começaram a acontecer, como as estações do ano, que um dia após o outro se transformam na próxima que está por vir. De vez em quando ainda me pergunto se a travessia já está completa. Me sinto distante da pessoa que fui um dia, parece que foi uma outra vida, como se as minhas lembranças não fossem minhas e sim contadas, de alguém que ouvi falar uma vez, numa conversa com parentes ou amigos. A única coisa que ficou foi a máquina fotográfica. Ainda a tenho guardada, faz parte da decoração da minha sala. Uma recordação de alguém por quem tenho um carinho especial, que me ajudou a chegar até aqui.

7.

Percebi que nem tudo estava em seu devido lugar quando, em uma bela manhã de outono, voltei para casa mais cedo de carona com a mãe de Joaquim e vi minha mãe chorando na cozinha. Minha mãe nunca chorava, será que tinha morrido alguém? Fiquei parado na porta da cozinha, sem saber o que dizer; ela estava em pé perto da pia, as mãos molhadas, não sei se de lágrimas, da louça ou de ambas. Cheguei perto e dei um abraço. Ela nem tinha percebido que eu havia chegado, e olha que ela era realmente boa em escutar o barulho do portão. Quando me viu ali ao seu lado, enxugou as mãos, esfregou os olhos, deu um sorrisinho e perguntou da escola tentando manter o mesmo semblante que eu a encontrava nos outros dias, como se eu tivesse presenciado um espirro ou coisa assim sem importância. Não tocou no assunto. Rapidamente entendi que era para seguir com o meu dia também, mas foi complicado. Várias vezes me pegava pensando no motivo que a tinha levado às lágrimas. Nem consegui brincar com a câmera naquela tarde, fiquei quieto no meu quarto e depois liguei a tevê para disfarçar. Eu não queria movimentos bruscos, não queria mais entrar de repente nos lugares, tampouco estar prestes a gravar numa foto algo que nunca deveria ver a luz do dia. Tudo me parecia muito frágil. Algo estava fora de contexto, eu só precisava descobrir o que era.

Eu tinha nove anos. Naquela noite, meu pai chegou em casa no horário de sempre, assistiu ao jornal como sempre, jantou e tomou banho como fazia todas as noites. Fui vendo as cenas acontecendo como um filme repetido, sabendo exatamente o que viria a seguir. Meu estômago doeu. O fato de ele ter feito tudo igual só me deixou mais angustiado. Não o vi dando um único abraço na minha mãe, nem puxando assunto comigo, além de querer saber das lições de casa, porque ele falava que era muito importante que eu "fosse alguém na vida". "Tem que estudar, menino!" E eu estudava, mesmo sem saber direito o porquê, eu seguia sendo um bom aluno, o melhor da classe, sempre tirando boas notas e me comportando bem em sala de aula. Tinha algo nos adultos que incutia essa obediência em mim. Era quase uma reverência, na verdade. Eles já estavam aqui no mundo, acumulando experiências e lidando com as adversidades quando eu nem pensava em existir. Era mesmo de se admirar. Se falavam, devia ser verdade. Foi assim dos quatro anos, quando entrei na escola, até aquele dia. Naquela noite, minha mente ousou duvidar da fortaleza segura do mundo que eu mesmo havia criado para viver. Será que nada daquilo que eu imaginava era real? E se eu só conseguisse enxergar o que eles queriam que eu enxergasse? O que havia à sombra de tudo o que compunha o mundo tal qual eu o via?

Fui dormir com esses questionamentos todos, acordei um pouco mais calmo. Acho que foi nessa época que descobri o poder reparador de uma noite de sono. Quantas vezes já dormi para não prolongar uma briga? Existe quem pense que não se deve dormir brigado. Eu penso que não se deve brigar com sono. O sono altera o nosso estado de consciência, é quase uma droga. Foi ótimo não estar mais com tantas neuras aparentes, porque eu não ia saber como me comportar. Para ser sincero, havia um receio de fazer algo errado. Ainda bem que estudava de manhã, pensei, assim sairia logo de casa.

8.

Eu não tinha com quem conversar sobre isso. Guardei esse segredo durante todo esse tempo e só agora estou contando. Não quis conversar com Lari nem com Joaquim, as únicas duas pessoas que sabiam dos meus segredos. Mas esse era diferente, era algo maior, de uma natureza desconhecida, eu precisava lidar com ele sozinho. Sem saber direito, fiz o que deu: segui o exemplo dos meus pais e fingi que nada de anormal acontecia. Mas a partir de então não pude deixar de reparar algumas coisas: eles nunca demonstravam muito carinho um com o outro. Meu pai não conversava comigo antes de dormir, como o pai de Joaquim fazia, nem me levava em programas só nossos, de pai e filho. O único interesse que demonstrava era nas minhas notas azuis no boletim que mamãe pegava a cada fim de bimestre, era o único momento que eu via algo parecido com alegria naquele rosto, apesar de não durar tanto tempo. Não dá para saber o que aconteceria se ele visse qualquer coisa escrita em caneta vermelha naquele pedaço de papel. Nunca paguei para ver.

Mamãe, a pessoa que era a representação exata de um porto seguro, para quem eu podia correr não importando se por um joelho ralado ou por uma discussão qualquer com meus primos, começou a transparecer alguma fragilidade. Ou fui eu quem começou a perceber? Antes, independente do motivo que eu apresentasse, ela me acolhia em seu colo, passava a mão pelo meu cabelo, beijava o topo da minha cabeça, garantia que tudo estava bem e depois me mandava ir brincar de novo. Aquilo me tranquilizava de uma forma única. De repente, por mais que aparentasse estar fazendo a mesma coisa, eu não via da mesma maneira. Era como se ela não me quisesse por perto. "Vai brincar, meu menino, tudo está bem", era o que ela me dizia. E eu entendia que ela preferia que eu ocupasse minhas horas com brincadeiras e coisas de criança, porque tinha coisas mais importantes para sofrer, digo, fazer. O olhar dela já não me parecia o mesmo. Sobretudo, o olhar. Lá no fundo existia uma tristeza, uma dúvida. Era um vazio. Mas isso eu só consegui nomear muito tempo depois, na época só me lembro de achar vago, sem o mesmo brilho de antes. Mas se eram eles que entendiam do funcionamento do mundo, não era eu a questionar nada, pelo menos não em voz alta. Eu poderia ter sacado logo de cara que aquela frase era para ela mesma, não pra mim. "Tudo vai ficar bem." Ainda posso ouvir a voz de mamãe falando estas palavras.

9.

Demorou anos até que ela tomasse uma atitude mais evidente. Foi quando eu entrei na faculdade. Talvez ela quisesse ter certeza de que eu estava me encaminhando na vida; ou talvez este seja eu tentando me colocar no meio dos motivos da minha mãe, mais uma vez. De qualquer forma, aconteceu de sairmos de casa ao mesmo tempo. Mamãe foi viajar e conhecer o mundo que ela sempre quis ver com os próprios olhos, algo pelo qual ela sempre esperou. E eu fui até você, o que significa quase a mesma coisa, só que com uma intensidade diferente.

Quanto ao meu pai, ele teve um surto quando mamãe disse que estava arrumando suas coisas para viajar. "Como assim viajar? Não estou sabendo de viagem nenhuma, não combinamos nada!", ele falou, assimilando o que ela acabara de anunciar. "Não combinamos porque estou indo sozinha. Chegou a minha vez, estou indo viver. Já criei meu filho, passei suas camisas, cozinhei para sua mãe, já fiz tudo o que podia. Agora é hora de cuidar de mim."

Ao contrário do que possa parecer, eles não se separaram. Ela apenas se cansou da distância fria que existia entre eles, começou a guardar algum dinheiro sem contar para ninguém e esperou o momento certo para dizer que estava de malas prontas. Ele é muito conservador, não admitiria uma separação assim "sem mais nem menos", como ele disse. Ela só queria estar livre, pelo menos por algum tempo, sem se preocupar com mais ninguém. Decidiram que ela iria, mas o casamento ainda se manteria. Ele queria se saber casado, pelo menos no papel, nas aparências, ela queria se livrar de qualquer coisa que a prendesse ali. Aceitaram os termos um do outro. Às vezes pode ser melhor assim, não é?

10.

Eu aceitei sua mão estendida pra mim aquele dia no recreio, levantei e te segui. Não percebi na época, mas nada mais foi ao acaso depois daquele dia.

11.

— Oi, meu nome é Vinícius e tenho quinze anos.

Ainda não consigo entender o porquê de todos os anos termos que nos apresentar novamente à classe no primeiro dia de aula. Os professores diziam que era uma tradição, que ajudava a dar as boas-vindas aos alunos novos e que era um jeito dos novos professores gastarem tempo sentindo o clima da sala, digo, conhecendo os alunos — acho que esta, sim, é a principal razão, eles apenas camuflavam em palavras bonitas. E sempre tinha professores novos. De qualquer forma eu não gostava muito, falava meu nome e minha idade e pronto, passava a vez para o próximo, aguardando o fim daquele constrangimento coletivo. Quando é que eu iria imaginar que, por conta de um momento que eu detestava, poderia começar algo bom? Em 2005, no primeiro ano do Ensino Médio, eu já conhecia a maior parte dos alunos que estava na minha sala. No canto oposto ao meu, entretanto, havia uma figura diferente, que eu realmente nunca tinha visto. Você vestia um uniforme igual a todos, mas de alguma forma parecia diferente, o cabelo estava bem arrumado e tinha a feição de quem sabia muito bem onde estava. Não teve jeito, você me inspirou confiança desde o princípio. Tinha uma postura perfeita, sem forçar as aparências. Como eu sabia que você não estava forçando? Eu não sabia, era apenas a forma que eu percebia do lugar de onde estava.

Você me parecia tão dono de si. Ao contrário de mim, que sempre fui inseguro. Sempre preferi os livros às rodas de garotos no recreio. Por que não nos conhecemos logo na infância, não é? Teria me poupado muitos constrangimentos e irritações por estar sempre deslocado e me sentindo mal por não estar me comportando da maneira como esperavam que eu me comportasse.

12.

Consegue se lembrar da gente no colégio? Às vezes perdíamos a hora na biblioteca só para ficarmos mais tempo juntos. Não olhávamos o relógio, o celular nem ninguém. Nada. Quantas tardes nós não passamos sentados nas escadas do pátio conversando sobre o futuro? Adorávamos falar sobre o futuro. Ali, do alto do nosso último ano escolar, qualquer coisa que viesse pela frente seria novidade para nós.

— Mais ou menos novidade, você quer dizer.

— Não existe novidade mais ou menos. Ou é ou não é!

— Ah, o que vem pela frente é a faculdade, você sabe. E faculdade é só outro jeito de dizer escola.

Você não estava feliz diante daquele cenário. Pudera. Seu pai já tinha determinado que você fosse prestar vestibular para Direito na USP. Eu achava que essa época dos pais decidirem o futuro dos filhos havia ficado pra trás. Emendamos o papo nisso, mas não por muito tempo, você não gostava de falar dos seus problemas familiares, queria pensar e viver outra vida quando estava fora de casa, algo mais feliz e mais promissor, como gostava de dizer. Eu admirava a sua capacidade de pensar soluções para os seus problemas e colocá-las em prática. Enquanto eu apenas ia vivendo um dia de cada vez, sem prestar muita atenção a qualquer coisa que não fosse as pendências do dia e o calendário escolar, você arquitetava seus passos de uma forma muito eficaz. Detestar a ideia de cursar Direito não fez com que você se rebelasse e saísse de casa brigado com o seu pai. Ao invés disso, no final do ano, quando foi fazer a inscrição, você simplesmente colocou o curso como uma das opções possíveis e seguiu tranquilo. Mas também fez prova em outra universidade, para o curso que realmente te interessava. "Ele disse que queria me ver prestando vestibular para Direito, então é o que ele vai ter. Agora quanto a cursar e me formar, aí é outra história, que cabe somente a mim e a mais ninguém. Ele que aprenda a lidar com isso." Esse era o tipo de coisa que você fazia que me deixava com mais vontade de ter você por perto. Queria aprender esses mecanismos também. Minha mente era tão confusa, tantas foram as vezes em que eu não soube o que fazer. As meninas da sala riam da minha cara, diziam que eu era até bonitinho, mas muito lerdo. Meu pai dizia que daquele jeito ficaria complicado de arrumar uma namorada. Eu queria apenas que me deixassem quieto no meu canto.

Quando estávamos juntos, por outro lado, tudo ficava mais leve. Nas férias, a gente já acordava procurando o celular para nos falarmos. Não sei de onde saía tanto assunto, tudo virava comentário e motivo para manter contato. Teve aquela vez no meu aniversário, nunca me esqueço. Acordei e já tinha uma mensagem sua, você acordou mais cedo só para escrever com calma. A minha resposta desencadeou nosso maior tempo conectados. Foram oito horas conversando, entre as outras coisas que íamos fazendo ao mesmo tempo em que olhávamos ansiosos para a tela esperando a resposta chegar. Acho que se estivéssemos na mesma cidade nossa vida ficaria estacionada nesse dia, com certeza eu largaria tudo só pra gente conversar como se não houvesse mais nada a fazer, do mesmo jeito que já tínhamos feito outras vezes, por outros motivos.

Isso é que dá nascer nas férias. Quando criança eu gostava de fazer aniversário em janeiro, porque era a época em que eu viajava. A felicidade daqueles dias se resumia aos momentos em que eu podia curtir longe dos muros da escola, onde tudo tinha que estar conforme as regras. Tão logo nos conhecemos, a lógica se inverteu.

Dezembro e Janeiro passaram a durar três anos, cada um. Eu até conseguia me distrair olhando o mar, porque eu e o mar somos um caso sério, como você disse certa vez, mas não era mais a mesma coisa. Aquela sensação boa do último dia de aula, de liberdade e de chegar em casa jogando a mochila no fundo do armário, aquele limbo onde eu só colocava o que não queria mais ver pela frente tão cedo, como as fitas do Engenheiros do Hawaii que eu ouvi até enjoar, a coleção de lacres de latas de refrigerante que eu tinha preguiça de me desfazer. E minha mochila durante as férias. O último dia de aula, depois de você, se tornou o dia em que queríamos ficar para as aulas avulsas e opcionais no período da tarde na escola, o que quer dizer que era o dia em que passávamos quatro horas a mais entre a biblioteca, o pátio e as mesas do refeitório, não fazendo aula alguma, apenas conversando, rindo e fingindo que estávamos ali só um pouquinho, esperando o próximo horário. Depois, quando não dava mesmo para adiar e voltávamos pra casa, tinha sempre uns três dias até que nos falássemos de novo, uma pausa não premeditada, só para disfarçar. Na época ainda eram aqueles celulares abre e fecha, lembra? Nossa, como o tempo passa mais rápido vendo por essa ótica. Como não dava para gastar todos os créditos logo no primeiro dia, mandávamos mensagens sem parar. Tinha o MSN também, mas celular era o que funcionava melhor para nós dois. Será que nossas mães se preocupavam com isso de alguma maneira? Queria que elas tivessem se tornado amigas mais próximas, queria saber o que falavam de nós; apesar de que não, não sei, talvez eu não quisesse saber, talvez tenha sido melhor deixar o nosso lance somente sob as nossas asas mesmo, e de mais ninguém.

Aí veio a faculdade, você passou em outra cidade, entrou num ônibus e se foi. Em algum momento você parou de responder às mensagens em tempo real, que era a nossa marca registrada. Depois, quando você ligava, eu estava sempre fazendo outra coisa, não ouvia o celular. Fomos nos distanciando naturalmente. Mas não se engane pelo uso da palavra natural, não estou dizendo que foi fácil ou indolor. Eu simplesmente não soube lidar com aquele tanto de você que ficou em mim. Quando dava por mim, tinha passado a tarde inteira sem ter feito outra coisa a não ser pensar e pensar e pensar. Meu cérebro estava travando. Tive raiva de mim. Nunca tinha visto alguém sofrer assim por uma amizade. Não que amizade mereça menos saudade que outros tipos de amor, não é isso, é só que aquilo era realmente novo pra mim. Por que nas férias continuávamos nos falando normalmente, e agora não? O que será que você estava vivendo lá, sem mim? Quantas memórias estavam sendo construídas ao redor da minha ausência, em cima do que vivemos juntos e que ainda podia estar sendo se não fosse esta maldita distância? Todas as pequenas coisas, as duplas em sala de aula, a caminhada na saída enrolando para voltar pra casa, as poucas festas que nos animávamos em ir, as notas baixas — mais suas do que minhas — que você sempre se indignava em receber. Os primeiros porres, um ou outro cigarro que experimentamos e odiamos juntos, fingindo gostar pro resto da turma, mas nos olhando ao mesmo tempo em que soltávamos a fumaça e logo íamos embora tomar coca-cola e comer algum salgado cheio de gordura, só pra tirar aquele gosto horrível da boca e rir de como éramos idiotas. E eu podia ficar ainda horas lembrando cada momento da nossa convivência, mas agora estava lá, sem saber muito bem o que fazer com aquele espaço tão vasto quanto assustador. Eu me sentia alheio ao que acontecia ao meu redor. Deslocado de todas as outras histórias que eu conhecia. Foi só então que caiu minha ficha. Não era uma coisa banal de adolescente isso que a gente tinha. Custei a dar nome, acho que era mesmo um medo de encarar a verdade. Na época eu chamava apenas de 'não-sei-quê'. Sempre que me pegava parado, com a cabeça longe, abobalhado, pensava que aquilo era obra de um não-sei-quê que só vinha quando tinha seu nome envolvido.

13.

A primeira vez que nos esbarramos depois disso foi até engraçado. Saí rápido do campus depois de uma aula de Edição de Imagem. Estava meio cabisbaixo por não entender absolutamente nada de programas de edição de imagem, minhas perspectivas não eram das melhores, já me vislumbrava trancando o curso, reprovando em várias matérias, ou algo assim trágico para uma mente ansiosa como a minha. Entrei no primeiro ônibus que passou, rumo àquela lanchonete que íamos sempre, no centro da cidade. Parei na fila tentando escolher o que pedir para não demorar demais. "Dizem que o omelete daqui é muito bom", você falou da maneira mais casual possível. E por um segundo eu pensei que estivesse delirando. Virei pro lado e vi essa expressão que você fazia quando tentava prender o riso. Foi como chegar em casa depois de um dia turbulento. Esqueci meus problemas enquanto conversávamos e, no meio do papo, você não acreditou que eu ainda gostava de suco de caju. Ficou pasmo, apesar de ter tentado disfarçar. Pasmo fiquei eu, por você nunca variar o guaraná. Concordamos que seria melhor mudar de assunto e fomos andando juntos pela rua. Você estava na cidade há menos de vinte e quatro horas, tinha vindo sem avisar a ninguém, sua cara esse tipo de coisa. E também entrara ali para comer antes de seguir com a vida. "Olha aí algo em comum!", você falou batendo o cotovelo no meu braço, se referindo ao fato de que também estava cabisbaixo por uns problemas na faculdade que acabara de trancar, olhando pra mim e depois pra baixo. Como se estivesse surpreso pela constatação.

Tem aquela situação com o meu pai, acho que você se lembra. Ele é controlador, gosta de saber todos os passos que eu dou, me liga todos os dias. É tão cansativo! Não entendo porque ele ainda insiste nesse tipo de comportamento. Acho que foi por isso que quis manter a gente quase como um segredo. As pessoas sabiam, mas quem a gente era só acontecia longe dos olhos curiosos dos meus conhecidos. Você tinha vindo pra ficar, me disse numa noite dessas quando a gente saiu pra conversar. Estava morando com uns amigos. Adotei sua turma como minha e me senti muito bem recebido por eles, desde o começo. Era melhor assim, eu te falava. Porque por mais que eu tente me afastar, por mais que eu coloque meus limites, meu amado pai ignora solenemente todos eles e continua se infiltrando na minha vida. Fiz faculdade mais por ter um lugar para ir do que propriamente pela vontade. Escolhi Fotografia porque não conseguiria me dedicar a outra coisa; se fosse para sair de casa com o céu ainda escuro, que fosse por uma grande paixão. Eu já exercitava meu olhar por conta própria, talvez fosse uma boa ideia me dedicar a isso de forma mais séria. Mas naquela noite eu só conseguia sorrir e pensar em como tinha sido um presente te encontrar de novo.

14.

Certa tarde nós estávamos estudando juntos na sua casa. Você era melhor do que eu em coisas técnicas, apesar da minha demora em admitir isso. Seus colegas de quarto tinham viajado, mas eu só soube disso depois que cheguei. Imediatamente me senti feliz por descobrir que seríamos apenas nós dois. Abafei a euforia da forma mais eficaz que pude, coloquei o material em cima da mesa e começamos nossa aula. Você sempre teve um talento nato para ensinar, que bom que eu soube aproveitar essa chance. Ficamos o dia todo imersos nos livros e nas teorias, só paramos para almoçar num restaurante que tinha ali pertinho quando a fome bateu. Na volta, sentamos no sofá para relaxar um pouco antes de retomar do ponto onde havíamos parado. Você disse que eu estava indo bem, que estava gostando do dia. Eu também estava gostando muito, apesar de sentir certa dificuldade de prestar atenção na sua fala quando você chegava perto do meu ouvido. Vez ou outra você vinha pelas minhas costas, assim de repente, para ver o que eu estava escrevendo, ora apontando algo interessante, ora algo que não estivesse tão bom, e depois saía, me deixando a sós com o vácuo que ficava no meu cérebro por sentir sua respiração assim tão perto. O que era aquilo, Deus do céu? Você era meu amigo, meu melhor amigo, não sei se era normal sentir aquilo por alguém a quem dedicamos amizade. Uma moleza nas pernas, um frio na barriga, coração acelerado.

15.

Saí da nossa aula aquela tarde sentindo um desejo que de tão forte até ardia. As aulas que você me dava nos programas que eu não sabia mexer. Eu era adrenalina pura. Estou relembrando isso depois de tempos e ainda sinto as pernas bambas. Andei pela rua com uma leveza que eu nem sabia que existia. Também pudera. Você queria me invadir com aqueles seus olhos castanhos, lindos, grandes que eu não queria nunca parar de olhar. No fim da aula, ficamos um tempo só falando besteiras, rindo e sendo idiotas como os dois adolescentes que um dia fomos. Você me olhava como quem não acreditava no que via, me analisando, querendo saber quem eu era. Até parece que você não sabia! Me conhecia e muito bem. Mesmo assim ainda tinha um olhar novo, diferente, com um "quê" de curiosidade e doçura ao mesmo tempo. Uma mistura perigosa, juntando com as frases de duplo sentido que usava. Você gostava do que via, foi isso que acendeu a luz da empolgação em mim; e eu passei a gostar de te provocar. O tempo passou e a gente nem viu. Uma, duas, três horas a mais do que eu previa ficar. Minha prima, que tinha marcado um café comigo, ligou querendo saber onde eu estava que sumi a tarde toda, eu disse que chegaria daqui a pouco, falei pra ela ir me esperar em casa e ainda demorei outra hora inteira até finalmente me despedir e seguir meu rumo. Antes que eu saísse você segurou meu rosto com as duas mãos e me beijou. Um beijo intenso, longo, quente. A primeira vez que meus lábios encontraram os seus. Durou o tempo exato para que eu entendesse o que estava acontecendo. Era uma confirmação. Saí por aquela porta quase dançando. No fim da rua ainda olhei pra trás, mas você já tinha entrado. Ainda sonho com essa noite de vez em quando. Me senti bem sendo quem eu era. Foi como se eu tivesse ganhado na loteria, só que melhor. Andei os oito quarteirões que separavam nossas casas sem nem perceber. Eu me sentia ótimo, lindo, incrível. Nada podia me deter, eu podia conquistar o mundo se quisesse. Foi esse tipo de efeito que você deixou em mim. Eu queria te ver todo dia só para sair na rua com aquela sensação. Era mais eficaz do que qualquer coisa que eu já tivesse tentado. Não era sobre como as pessoas me olhavam, eu não estava nem aí para quem passasse por mim. Era outra coisa. Exalava da minha pele um sentimento muito forte que eu não conhecia, algo totalmente novo. Era um deleite. Você ativou áreas do meu cérebro que há muito estavam adormecidas. Uma vontade de me aventurar, de ir conhecer o mundo. Uma vontade louca de mais. De parar o tempo e ficar para sempre com aquele sentimento seguro no meio das minhas mãos.

16.

Nos meses seguintes aconteceram diversas coisas boas. Me formei, viajamos juntos pela primeira vez, fomos diversas vezes ao litoral, as vezes só mesmo para molhar os pés no mar, ver o pôr do sol e depois subir a serra de novo. Foi um bom ano. Você estava juntando dinheiro para um curso que queria fazer no exterior, trabalhando bastante e me arnando um pouquinho mais. Como eu gostava de guardar esse segredo! Como eu gostava de te ter só pra mim quando chegávamos em casa, tanto fazia se a minha ou a sua, quando um de nós fechava a porta e colocava a chave dentro do cinzeiro no aparador do *hall* de entrada, de onde ela só sairia na manhã seguinte. As horas que passávamos existindo apenas na sala ou no quarto ou na cozinha, e qualquer problema ou coisa ruim ficava lá fora, era quando a nossa utopia particular se fazia presente e nada mais importava. A vida nunca tinha sido tão boa, em tempo algum.

Você me contou que o tempo em outra cidade, ao passar no vestibular naquela federal, havia sido importante em muitas coisas, inclusive para descobrir os reais sentimentos que tinha por mim. Que tivera outras experiências, com outras pessoas, e que a cada boca que beijava pensava que já devia ter se declarado pra mim há muito tempo, mesmo correndo o risco de perder a amizade, mas não valia a pena continuar com a ilusão de que nada estava acontecendo. O desencanto com o curso havia sido só mais um pretexto para largar as coisas por lá e vir pra cá de novo, ver no que podia ser da gente se nos arriscássemos na empreitada de caminhar juntos, agora também como um casal.

PARTE 3

1.

No sonho, eu estava dormindo. Acordei sentindo sua mão na minha. Abri os olhos, mas não conseguia te ver direito. Minha visão estava embaçada, te via totalmente fora de foco. Tão estranho quanto assustador. Tive medo. "Não consigo te ver". Você continuou me tocando, passando o polegar pelas costas da minha mão e dizendo alguma coisa que já não me lembro o que era. Só me lembro que você tinha vindo. Finalmente, você tinha vindo. Aos poucos meus olhos foram se ajustando e consegui te ver. Era real, você estava mesmo aqui. Levantei e caminhamos juntos, de mãos dadas. Não sei falar do local, mas era uma casa. Você me abraçou de repente. Aquela sensação gostosa de colocar minhas mãos no seu peito. Casa. Ficamos parados, de frente um para o outro, seus braços nas minhas costas. Lembro da sua voz me explicando sua ausência, seus motivos, seus porquês. Lembro que falou que tinha voltado porque nada daquilo antes explicado sustentava o peso de viver longe de mim. Tudo que eu queria ouvir. Eu não acreditava que estava vivendo aquele momento que eu tanto havia desejado. Estivemos juntos por toda a tarde, feito dois namorados. Dois amantes andando de mãos dadas transgredindo regras com o coração acelerado, não sabendo fazer diferente, apesar de todos os riscos. Por que mesmo havia risco? Você me puxou para um canto e me beijou daquele jeito que eu adorava. Era o nosso beijo. Éramos nós, de novo, uma vez mais. Foi então que lembrei o motivo de não poder ir além. Havia outra pessoa. Tinha uma aliança na minha mão trazendo a realidade para o meu campo de visão. Acordei.

Passei o dia inteiro com esse sonho na cabeça. Em algum momento, não era só na cabeça que estava a lembrança. Passei incontáveis horas com a sensação da sua mão na minha, dos seus braços nas minhas costas, da minha cabeça no seu peito. Passei o dia inteiro sentindo você. Quem segue a vida normalmente assim? Quer dizer, acredito que muita gente consiga seguir seus dias sentindo uma porção de coisas que não deveriam estar acontecendo no momento. Mas isso tinha sido golpe baixo! Quer dizer, primeiro você chega de mansinho, fazendo carinhos e discursos que eu penso ouvir desde muito tempo. Eu já me contentaria se tivesse acabado por aí. Seria um bom dia, esse em que acordo com você fresquinho na memória. Mas uma aliança? Que negócio é esse? Que pessoa é essa, misteriosa, que eu nem sequer conheço? Onde foi que o meu inconsciente foi buscar outra pessoa para adicionar à nossa já bagunçada relação? Em vez de ficar só feliz pela visita no meio da noite, fiquei encucado.

2.

Ainda no primeiro semestre do ano passado, você decidiu que aquele seria o seu ano. O ano em que você finalmente iria fazer um curso nos Estados Unidos. Planejava essa viagem há anos, guardou dinheiro, tirou passaporte, lidou com todas as burocracias, cumpriu um *checklist* enorme para que nada saísse dos trilhos do seu tão estimado planejamento. Foi assim, não foi? Sim, ainda sou capaz de ver você andando para cima e para baixo com uma lista de pendências e resoluções, frenético, ansioso, mas sempre concentrado. Como nada que viesse de você poderia ser comum, a decisão foi que você partiria do Rio de Janeiro. Escolheu um voo que saísse de lá, só pelo prazer de dirigir por mais tempo. Queria curtir cada gota de ansiedade e de felicidade até embarcar.

— Depois eu entro no avião e vou ter que ficar sentado por horas e horas. Se eu pudesse iria de carro, mas convenhamos que é um pouco inviável dirigir até a terra do Tio Sam, não é? Quero estar mais ativo nesse ir, começar logo. Mesmo que não seja algo concreto, porque o fato de eu dirigir até o Rio não vai me fazer chegar mais rápido ou coisa assim. É a sensação de movimento que quero sentir.

No tal dia da viagem, passamos a manhã juntos, sozinhos, conversando, tomando vinho, falando besteiras. Uma bela manhã de amor. Ninguém tocou a campainha, nenhum telefone tocou, nada. Éramos apenas nós dois. Estávamos num mundo paralelo, suspensos entre o que acontecia lá fora e o que viria a ser quando partíssemos.

Aí você se foi. Era realmente importante, você falava como que para justificar a partida. Eu entendia com a cabeça, apesar do coração esbravejar e exigir que você ficasse. Combinamos de manter o contato todos os dias. Vi seu carro virando a esquina e segui na direção oposta, sem saber direito o que fazer com aquele espaço repentino que apareceu. Havia uma tensão no ar. Não sei se chegou a ser um pressentimento, mas de algum jeito eu senti. Parece fácil dizer depois que passa, qualquer coisa vira sinal, qualquer palavra passa a soar como um aviso. Mas lá naquele dia, na iminência de não ter mais quem éramos juntos ao alcance das minhas mãos, eu precisava de algo que preenchesse o espaço que de repente havia surgido. Não fazia nem trinta minutos, mas só o fato de saber que estávamos indo em direções opostas me assustava. Eu queria mais, não parava de pensar que podia ter entrado naquele carro e seguido viagem contigo. Pensei em te ligar, mas não passou de pensamento. Eu precisava deixar que você fosse. Logo estaria de volta, afinal trinta dias haveria de passar rápido. Tinha que passar. Pensei que poderia ser bom canalizar isso para outra coisa, então. Um esporte, talvez. Meditação. Escaladas. Dizem que natação é ótimo para relaxar. Alguma coisa precisava ser feita com tanta energia contida dentro do meu corpo. Um mês, só um mês. O que poderia acontecer em um mês?

3.

No fim do dia, entrei numa lanchonete e ouvi alguém pedindo omelete. Imediatamente enxerguei a gente inventando sabores de madrugada. Ainda estava com o sonho na cabeça, e só então me ocorreu de conferir o calendário. Da outra vez que eu sonhei com você também era dia 19. Dezenove. O dia em que voltei pra casa pensando no que fazer enquanto você estivesse fora. Já estava até procurando academias para me matricular quando recebi a ligação. O dia que mudou tudo. Dia 19 foi o dia em que outro carro, em alta velocidade, fez uma ultrapassagem indevida e te atingiu em cheio. Não deu tempo de mais nada. Nem uma última ligação, nem saber que você estava sendo cuidado pelo socorro. Ninguém tentou te salvar, porque não havia mais nada a ser feito. Quando os bombeiros chegaram, somente o seu corpo estava ali, você não.

Durante uma tempestade, costuma acontecer assim. Vem o raio, certeiro. Na sequência vem o relâmpago, mostrando o caminho por onde o raio passou. Há uma pausa. E chega aos nossos ouvidos o som do trovão, contando que a força ali naquele risquinho que cruza o céu de repente é mesmo enorme. O intervalo entre o relâmpago e o trovão por vezes parece longo e até desencontrado. Foi assim para mim quando você se foi. Recebi a notícia da polícia, meu número era o primeiro dos seus favoritos. Houve uma pausa. Não sei como consegui ouvir as instruções, só me lembro de ir rabiscando tudo que ouvia. Entrei no modo automático, eficiente, que resolve todos os conflitos. Dirigi até o lugar para onde levaram seu corpo. Reconheci seu rosto, apesar da ausência de traços. E então eu desabei. Ainda bem que Lari estava comigo. Foi calada o caminho todo, já não sei como contei a ela. Sei que ela estava lá e não deixou que me sedassem, como queriam. Os braços mais fortes que eu já vi — uma força diferente dos seus, mas ainda assim fortes. O seu era proteção, o dela era contenção. Eu gritei e chorei tanto que perdi a voz. Eu estava devastado, com a certeza de que aquilo tinha sido uma piada de péssimo gosto, e que você tinha que voltar, e a sua viagem, e a gente, e os planos.

Ah, os planos. Já tínhamos combinado de sair pelo Brasil fotografando somente as cidadezinhas de beira de estrada e sua gente. Até a mochila eu já tinha comprado. Era só o tempo de a gente comprar o jipe e pronto, a estrada estava logo ali nos esperando. Tão simples. Quem sabe o que viria depois? Iríamos casar? Iríamos ser um daqueles casais que compram apartamento na planta, decora com móveis planejados e levanta cedo para pagar as contas? Faço um bico pensando nessa versão de nós dois. Não, acho que não. Muito distante do casal que conheci. Provavelmente continuaríamos morando em casas separadas, só para manter o movimento de ir e vir. Com lugares preferidos para nos encontrar no meio do caminho, quando a pressa fosse maior do que o trânsito. Com certeza fugiríamos para praia aos fins de semana. Camburi seria nosso segundo lar. Aquelas ruazinhas de terra seriam tudo que precisaríamos para nos conduzir até o que mais nos importava. Seria bom te saber por perto enquanto apreciasse alguma leitura numa sombra boa. Talvez continuássemos com alguns mistérios. Coisas que fazíamos separados e que não contávamos ao outro. Um ato de liberdade. Necessário.

4.

Quando tudo parecia estar, enfim, caminhando para o bem, o fim atravessou o caminho e acabou com o jogo. Depois da sua despedida, saí sozinho andando, a esmo. Já tinha chorado o equivalente ao volume de chuva esperado para o mês inteiro. Provavelmente me deram algum calmante, porque já não sei como fiquei com aquela expressão vazia, apático, sem vontade de emitir um único som. Saí do cemitério rumo ao desconhecido. Eu ainda não sabia, mas estava andando na direção do meu apartamento. As luzes dos semáforos mudando, risadas ecoando, os faróis dos carros nos meus olhos, buzinas. As pessoas pareciam estar em câmera lenta. Ao mesmo tempo, ouvia o som do meu coração e ele estava desesperado, correndo para se safar daquela prisão. Ele estava quase conseguindo, eu senti nitidamente aquele bolo de carne pulsando na minha garganta, querendo me sufocar. Um gosto metálico de sangue na boca.

Eu estava ofegante. Suando. Foi o mais perto que já estive da loucura. Ainda me pergunto como posso ter certeza de que não estive mesmo em alguma outra dimensão. Já estava acontecendo, afinal, e eu achando que ainda tinha alguma folga até ser tomado por tudo que aconteceu, que engano.

Cheguei em casa, errei a chave algumas vezes até conseguir abrir, entrei sem acender as luzes e fui direto para cama. Eu só queria me sentir seguro. Dá pra ser seguro no abismo? Dormi exatamente como estava, nem os sapatos tirei. Caí na cama como uma pedra e só acordei dez horas depois. Quando abri os olhos, percebi o sol entre as frestas da persiana, aquele era o primeiro dia claro em quase uma semana. Tomei um banho gelado, passei um café quente, engoli um remédio e deitei de novo. Conferi o celular, mas é óbvio que não tinha nenhuma mensagem sua. Não liguei a tevê. Não liguei o computador. Eu não queria nada que marcasse aquele dia, nenhuma notícia ou evento que quisesse se fazer importante. Queria que ele passasse de uma vez, que acabasse, que corresse. Era dez e meia da manhã.

5.

Minha barba está grande, você gostou quando comecei a deixar crescer. Quando foi mesmo? Antes de ontem? Há três meses? Parece que faz anos já, que o que aconteceu em um segundo durou mais do que as outras coisas que nos esforçamos tanto para fazer existir. Algumas coisas só duram mesmo o tempo de se tornar uma lembrança, nada mais, acho que já usei essa frase. O que acontece em um segundo pode ficar eternizado. Você não está mais aqui. Por conta de um segundo, uma distração, um descuido, um impulso. Fico raciocinando que nada que eu fizer vai mudar o que aconteceu. Que absolutamente nada pode te trazer para se sentar no meu sofá mais uma vez, por pelo menos um instante que seja. E agora, menos de setenta e duas horas desde que vi seu corpo, que presenciei o ritual, nada, nem a crueza dos fatos consegue afastar de mim a vontade de te abraçar e te xingar e te beijar e dar socos no seu peito mesmo sob protestos e tentativas de se desviar de mim, como a gente fazia sempre depois de alguma discussão sem sentido.

6.

Lembra quando brigamos e ameaçamos nos separar no ano passado? Você disse que ia mudar de cidade, sumir, me esquecer. Aquilo me tirou o chão. Joguei com força um copo no chão, lasquei o piso do apartamento alugado. Você saiu de carro feito um tiro, batendo a porta e pisando fundo. Por que foi mesmo que começamos a discussão? Não faço ideia. Algumas horas depois, a surpresa. Essa mania de ficar conferindo o celular a todo instante, você sabe como eu sou. Fui pegar algo na geladeira, ou talvez tenha feito o movimento só para pensar em uma solução. O celular vibrou, sinalizando algo novo na caixa de entrada. Abri o aplicativo de e-mail e dei de cara com o seu nome. Pisquei três vezes. Só de saber que depois de tantos gritos você tinha, naquele instante, escrito algo para mim, e que talvez ainda estivesse esperando uma resposta, me fez deixar de lado qualquer raiva que ainda pudesse estar no ar. Fiquei olhando seu nome em negrito, tantas possibilidades contidas atrás daquele e-mail. Queria prolongar a sensação só mais um pouquinho. A partir do momento em que eu lesse já não seria mais algo novo, queria guardar pra mais tarde, como se um e-mail fosse um chocolate gostoso feito aqueles que eu sempre como antes de dormir. Como se, não lendo, eu tivesse uma carta na manga, ou fosse um jeito de te deixar esperando. Um gosto agridoce de te saber querendo uma resposta que não chegava. Quando foi que me tornei essa pessoa, deus do céu? Esperei uns sete minutos, então decidi abrir.

"Desmentindo a despedida, eu voltei. Esquece o que rolou, vai. Vamos conversar baixinho, que quando gritamos não escuto nada. Adoro quem somos juntos. E amo as coisas que só você consegue me fazer enxergar. E adormecer no seu chão de madeira. Saudade dos nossos omeletes sempre depois da meia noite. E de fingir que era normal levar uma vida razoável assim tão tarde, dentro do seu apartamento. Saudade da sua porta amarela. E dos seus olhos. E do seu cabelo bagunçado de manhã. Quero comer omelete. Tem ovos aí, ou quer que eu leve?"

Fiquei sorrindo olhando para o celular, como se você estivesse me vendo. Exagerado! Até parece que tinha ido embora há meses. Que raiva por estar sorrindo. Omelete era a nossa especialidade. Tínhamos uma versão para cada dia: simples, colorido, integral, verdinho, recheado, duplo e com tudo dentro, que era quando a gente pegava o que quer que fosse na geladeira e botava junto, não importando se fosse pimentão, bacon, *shimeji* ou, sei lá, estrogonofe, que você fingia não achar bizarro apesar de nunca comer tudo. Além do mais, havia começado com uma letra de música, que é uma esquisitice minha que você não entendia.

"Acho que você vai ter que enfrentar a fila do mercado para trazer os ovos."

Você havia dirigido até a divisa de Minas e parou num posto na beira da estrada. Mandou o e-mail e realmente ficara esperando minha resposta. E nos mesmos sete minutos em que fiquei indeciso sobre responder logo ou não, foi quando você percebeu que não precisava mais ser intempestivo daquele jeito. Não mais. Já tinha dado certo. Você já tinha vencido e chegado ao seu pódio. Era pra ele que você voltaria assim que a resposta chegasse. E chegou.

7.

Quatro semanas passaram sem que eu esboçasse o mínimo esforço para fazer qualquer coisa que envolvesse mais do que alguns poucos passos dentro de casa. Ainda moro naquele apartamento da Rua Paulistânia, acredita? Estávamos juntos quando o corretor me mostrou. Quando ele foi embora, descemos a rua, era uma noite fresca, típica do outono. Tinha chovido muito durante a tarde, o ar tinha ficado gostoso quando a noite caiu. Caminhamos juntos na rua praticamente deserta. Tinha uma vibração boa no ar. Lembra? Você me falava das vantagens de ter um piso de madeira na sala, de como ficaria bonito uma horta vertical na varanda e de como iria cozinhar para nós dois de madrugada. Como se eu não soubesse que a sua bagunça era muito maior do que os pratos que fazia. Adorava zoar a sua bagunça, lembra? Em outras searas você era tão organizado, quase metódico, na cozinha tudo era diferente.

8.

Lari mudou para lá durante estes dias de luto, se recusou a me deixar sozinho. No trigésimo segundo dia eu acordei às seis me sentindo bem. O que quer dizer que não sentia dor nem a sensação esquisita de que estava caindo. Olhei no espelho e, em algum lugar daquele reflexo, consegui vislumbrar a pessoa que um dia fui. Eu ainda estava aqui, afinal. Parecia um estranho, por um momento quase não me reconheci, na verdade. Mas já que havia acontecido, resolvi entender como um sinal de que era hora de tentar dar ao menos um passo em direção à vida real que ainda insistia em acontecer lá fora. Sorri para o espelho e foi um desastre. Minhas bochechas estavam enferrujadas, não faziam esse movimento há tempos. Meus dentes estavam horríveis, minhas olheiras eram mais fundas do que o habitual. Era preciso um pouco de calma. Demorei um pouco mais no banho, tomei café sentado na mesa com Lari, que comemorou de um jeito discreto, para não me assustar. Quando ela saiu, acompanhei-a até o metrô, comprei um jornal e pensei em voltar logo para casa, só que fui aumentando a distância e virando outras ruas. Andei devagar pelo bairro, prestei atenção aos cachorros, aos velhinhos tomando sol na garagem, nas babás empurrando carrinhos de bebê. Tudo muito normal. Se eu estava ali, devia fazer parte do cenário de alguma forma, não é? Eu queria me sentir bem. Sim, havia chegado a hora de me envolver em qualquer distração. Algum projeto, corrigi rápido o pensamento. Você tinha me ensinado que sempre que não estivesse trabalhando ou fazendo algo "lá fora" e encontrasse alguém que gosta de especular sobre a vida alheia, bastava que eu lhe respondesse que estava concentrado num novo projeto e pronto, a pessoa se contentaria, ainda correndo o risco de soar intelectual ou artístico, seja lá o que isso significasse para o ser humano em questão. No caso daquele dia, era a mim mesmo que eu precisava convencer de que estava me saindo bem. Era o que iria tentar, então. Peguei um ônibus e fui ver a cidade.

9.

E então, como um sinal de que era mesmo aquele o caminho a seguir, uma mulher se sentou ao meu lado no metrô na volta pra casa e o resto você já conhece. Comecei com o projeto de ouvir histórias de amor e foi uma grata surpresa. Acho que me lembrei das brincadeiras de infância, quando eu queria saber o que acontecia em outras casas. Foi algo que fiz por mim, nasceu do nada, como uma invenção boba mesmo, e que me ganhou no caminho. Eu saía, via gente, ria, lia manchetes nas bancas de jornal quando voltava para casa. E percebi que sempre havia uma briga, sempre havia um reencontro, sempre havia algo que permanecia, apesar do tempo ou da distância. Foi uma experiência restauradora. Eu me encontrei naquelas pessoas. Eu abracei todas elas e agradeci por terem dividido parte de suas vidas comigo. Prometi cuidar bem do que elas me deram. Éramos quase um grupo de apoio de anônimos, só que sem as sessões conjuntas. Durante seis meses guardei esse segredo só para mim. Comentei muito por alto para Lari quando ela apareceu lá em casa uma noite, mas sem mais detalhes, ela sabia apenas que eu havia conhecido mais gente com experiências parecidas com as minhas. Só depois que acabou foi que mostrei a ela o resultado. Agora, tempos depois, estou contando a você. O mais engraçado é que em momento algum eu disse que só queria saber de gente que tinha tido um amor maluco, ou um amor proibido, ou um amor perdido. Eu disse apenas que queria ouvir histórias de amor. O que chegou até mim, sem filtro algum, bastava que a pessoa dissesse que queria passar uma hora ou duas comigo num café, foram casos muito semelhantes ao nosso, em maior ou menor grau. E eu vi em todos os olhos que ainda tinha muita coisa a ser vivida, sentida, descoberta. Eles também queriam mais. Diante disso, só me restaram duas conclusões. A primeira é que é preciso mais ouvidos atentos disponíveis no mundo, porque o que tem de gente por aí esperando apenas por uma brecha para derramar sua história e se sentir compreendido, pelo menos uma vez na vida, não está escrito em nenhuma revista ou livro de autoajuda. Foi gratificante quando comecei a perceber que eu não estava apenas recebendo apoio, eu também ajudei muita gente. Cento e vinte e três, para ser mais exato. A segunda é que o amor nunca escolhe o caminho mais provável. Tem sempre alguma coisa, qualquer coisa, que pode nos enlouquecer se a gente se descuidar — e quase sempre é a mesma coisa que nos salva, que nos carrega e faz com que continuemos a buscar e a ansiar a viver algo dessa magnitude, mais uma vez. Por último, mas não menos importante, cheguei à conclusão: eu acredito em destino, sim. Sei lá, gosto de pensar que tudo que ouvi e que vivi com aquelas pessoas foi desenhado milimetricamente para acontecer, do jeito que foi. Eu acredito mesmo nisso, céus, como eu acredito!

10.

Encerrei o projeto quando senti que era hora de buscar outras atividades. Eu precisava trabalhar mais, o dinheiro estava pouco. Certo dia, umas semanas depois do último encontro, eu estava lá, dedicado, tentando encontrar uma nova vertente de pesquisa ou algo do gênero, com um caderno, um bloco de notas e mais o computador aberto em cima da mesa. Além de *post-its* e canetas espalhadas, claro. Sorrio pensando que você não gostaria nem um pouco de ver tal cena, sempre teve pavor de bagunça, ainda mais sobre a mesa, envolvendo trabalho. Se tivesse uma xícara de café por perto, então, ficava maluco de vez. O seu tipo sempre foi alinhado, o mais certinho possível. Para mim, impossível. Existe uma linha tênue entre a desordem e o meu campo de criação, faz parte do processo; sei que sempre foi difícil para você (e para minha mãe) acreditar nisso, mas continuo defendendo essa tese com muito afinco.

De repente Lari irrompe porta adentro, ofegante. "Vim de escada", falou antes que eu ousasse abrir a boca. Não sei se já te contei essa particularidade da minha prima, mas quando ela chega aqui pelas escadas quer dizer que lá vem coisa. Quando tem uma ideia repentina ou se acontece algo que a tire do eixo, ela sobe as escadas correndo, querendo eliminar um pouco da tensão e alinhar os pensamentos, como ela mesma diz, mas como eu moro no sexto andar, depois fica reclamando de dor nas pernas e me pedindo para me mudar para um apartamento no térreo, e mesmo assim faz de novo, não tem jeito. Esperei que se recuperasse, ela estava com as mãos na cintura, respirando fundo. Olhou pra mim com aquela cara de vitória, levantou os braços e exclamou:

— Vamos viajar!

11.

O que foi mesmo que eu vim fazer aqui? Foi a primeira coisa que perguntei à minha estimada prima assim que desembarcamos do avião. Ela estava animada com a perspectiva de curtirmos a noite carioca juntos, além dos outros compromissos.

— Você veio viver. — Ela se limitou em dizer, enquanto pegava as malas e saía procurando um táxi.

Estamos no Rio de Janeiro para o lançamento da minha exposição, mas a minha ficha ainda não caiu completamente. Desde que terminei as filmagens, fiquei pensando em algo mais para fazer com aquilo. No princípio eu não quis envolver trabalho, era um momento diferente. Mas depois ficou uma lacuna, faltava um pedaço. E se eu queria mesmo uma nova ocupação, porque não tentar algo que já estava me fazendo bem, não é? "Onde você tem paixão? Segue por aí." Foi o que ouvi num *show*, na época. Eu fui. Saí com a câmera analógica dessa vez, num sábado de manhã, para ver o que podia rolar. Fui pegando algumas cenas de casais nas ruas, despretensiosamente. Nenhuma concreta. Por vezes eram apenas sombras, em outras só os pés ou as mãos dos casais. Todas estão fora de foco propositalmente. Porque é só o que existe quando falamos de amor. São detalhes, entrelinhas, tudo de menor e mais insignificante quando olhamos individualmente, mas que vistas mais de perto são como pequenas entidades capazes de nos destruir e, como se nada tivesse acontecido, nos botar de pé outra vez. É um tira e põe, é um dá e rouba, um eterno jogo que nunca tem fim, e que nunca sabemos de que lado estamos. É um descontrole. Que a gente gosta e quer sempre um pouco mais, mesmo que pra isso a gente se estrepe inteiro.

12.

Assim que Lari recuperou o fôlego naquele dia, depois de subir seis andares correndo, me contou que tinha entrado em contato com alguns amigos no Rio, e que mandara parte do meu trabalho pra eles, sem que eu soubesse de nada. Eles gostaram do que viram e queriam expor minhas imagens na galeria que haviam inaugurado recentemente. Ia ter coquetel e tudo. Dá pra acreditar? Nunca esperei algo assim na minha vida.

Eu esperei muito por você. Sem saber aonde te encontrar ou ao menos se você existia de verdade. Eu te esperei. Em cada momento de solidão na infância. Ou de medo, ou de desamparo. Em todas as vezes que fui pra escola a contragosto. E quando tive que fazer o que não queria. Sempre quis acreditar que algum dia aquele esforço valeria alguma coisa, me traria algo bom. E você veio. E depois foi. E tornou a voltar. E mais uma vez você se foi, desta vez para nunca mais. E eu, que aprendi ainda criança que as coisas não são exatamente como queremos que seja, me peguei desejando ardentemente que aquilo tudo não passasse de invenção, de um delírio, uma peça pregada pela minha mente. Mas mais uma vez eu tive que aprender. As coisas não eram como eu queria que fosse. Eram como eram em si mesmas, com vontades próprias e muito fortes, e aconteciam à mercê do querer de quem quer que fosse. Se Deus realmente existia, era mesmo um grande fanfarrão.

Segui em frente por falta de opção.

Descobri enquanto caminhava, muitas vezes tropeçando, encostando nas paredes ou nos braços de quem estava comigo, que havia algo bom em mim. Que mais do que uma visão nova do mundo, você me deu a percepção de que tudo pode ser como eu quero que seja. E que tudo bem inventar nossas verdades vez em quando.

— Seu Vinícius, veja se está tudo do jeito que o senhor quer.

É Osvaldo, me chamando para conferir as fotografias na parede da galeria. Olho em volta e o que vejo é o caminho que percorri até aqui. Cada imagem, as analógicas e os recortes que fiz das gravações em vídeo, tantas cores e tanta vida, tudo me lembra um pedaço da nossa história, que em algum momento se infiltrou no projeto, em pequenos casos de nós dois que contei, misturados a todos os romances que ouvi e que gravei. Eu nos revelei. E ainda fiz amigos pra vida toda — vida esta que pra mim recomeça hoje, dia em que faz um ano que você se foi. O dia em que celebro o recomeço.

Agora estou aqui, prestes a pegar o microfone e ensaiar um discurso de agradecimentos por este ano louco, o ano que conseguiu ser mais improvável que nós dois, veja só que audácia. Daqui a pouco as pessoas começarão a chegar, quero ensaiar enquanto não tenho plateia. Nossos amigos estarão aqui, e também todos que participaram disso comigo. Fecho os olhos um instante e quase posso te ver. Queria que você viesse também, para segurar minha mão e dizer que estou indo bem, e não tem como não pensar que foi ela, sua mão, que encaixava de uma forma tão perfeita na minha, que me acompanhou até aqui, desde o começo. "E é natural que seja assim, você aí e eu aqui, exatamente aqui." O abismo que se estende sob os meus pés é como um tapete macio, convidativo. Mesmo assim eu temo. Tenho medo de ser enganado mais uma vez. De qualquer jeito eu vou, porque enquanto houver dúvida quer dizer que ainda existe vontade. E com vontade, meu bem, a gente vai e vai bonito. O medo que aprenda a conviver com isso em mim, porque é assim que nós somos e é assim que continuaremos a ser. Estou pronto para ir.

Agradecimentos

Deus é aquele cara que a gente começa agradecendo e olhando pra cima, como se estivesse nos observando de uma nuvem macia ao longe. Ele não está em outro lugar além de dentro de nós, então eu quero agradecer, primeiro, por perceber isso e ter a oportunidade de honrar a divindade que habita em mim.

Um agradecimento especial para os editores mais legais, Camila e Nathan, que confiaram e ajudaram a tornar palpável essa história. Muito obrigada.

Muitas vezes, tudo que precisamos é de uma boa dose de coragem e de alguém que acredite na ideia junto com a gente. Mariana Mendes foi essa pessoa pra mim – ela é há muitos anos, mas foi com este livro que ela me deu o empurrão que eu precisava para simplesmente fazer. Obrigada pelas tardes, conversas e tudo mais que somos juntas.

Ana Luísa Bussular, todo agradecimento que eu puder demonstrar.

Toni e Zazá, por serem os melhores construtores de base familiar que já se teve notícia por essas redondezas. Obrigada.

Rafael, por ser a minha primeira referência de lealdade e admiração. Muito obrigada.

Ao meu parceiro desta e de outras vidas, por toda força, amparo e companhia, todo dia. Por olhar comigo janelas tantas e por ser o primeiro a incentivar qualquer loucura que eu queira realizar. E pelos melhores papos sobre a vida. Obrigada por ser você.

Minha pequena moça, obrigada por ter vindo, meu bem. E pelo tempo presente, muito obrigada.

Este livro foi composto em tipologia Adobe Garamond Pro e Raleway no papel pólen soft pela gráfica Bartira para a Editora Moinhos enquanto uma cantoria era tocada em comunhão por Elomar, Geraldo Azevedo, Vital Farias e Xangai.